I0647027

# FABLES

PAR

## LE Mⁱˢ. DE SAINT-PAULET,

CONSEILLER DE COUR IMPÉRIALE.

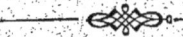

SE VEND

AU PROFIT DE L'ASILE IMPÉRIAL DE VINCENNES.

ALGER,
CHEZ LES PRINCIPAUX LIBRAIRES.
PARIS,
CHEZ MARTINON, LIBRAIRE, RUE DE GRENELLE-ST-HONORÉ.

1857.

# FABLES.

IMPRIMERIE RIFA ET PÉZÉ RUE BAB-AZOUN,

# FABLES

PAR

## LE Mⁱˢ. DE SAINT-PAULET,

CONSEILLER DE COUR IMPÉRIALE.

SE VEND

AU PROFIT DE L'ASILE IMPÉRIAL DE VINCENNES.

ALGER,
CHEZ LES PRINCIPAUX LIBRAIRES.
PARIS,
CHEZ MARTINON, LIBRAIRE, RUE DE GRENELLE-ST-HONORÉ.

1857.

## ERRATA.

Page 114, vers 16, lisez : reste immuable.
Page 156, vers  2, lisez : et Merle et
idem.     après le vers 2<sup>e</sup>, intercallez :
    Pour tel savoir enflé d'orgueil.

*( Voir  pour  les autres Erratas à la fin du volume. )*

# PRÉFACE.

La Fontaine a toujours été mon poëte favori
et le cœur de l'homme est ainsi fait que l'on se
modèle toujours tant bien que mal sur ceux que
l'on fréquente avec l'assiduité de l'affection;
c'est ce que j'ai fait : Aussi, à l'imitation du divin fablier, ai-je à mon tour porté quelques
fables.

Appelé par la bienveillance de l'Empereur à
un siége de magistrature dans une Cour souveraine, je consacre à l'éducation de mes enfants

les quelques loisirs que me laissent mes occupations judiciaires; — j'ai pensé que des affabulations auraient d'autant plus de chance à graver dans leurs jeunes cœurs les moralités qu'elles mettent en lumière, que ces affabulations seraient une œuvre paternelle; c'est à cette pensée qu'est dû ce recueil d'apologues; c'est elle qui m'a fait dire : *Jo pure sono pittore !*

Le plus grand nombre de mes fables est d'invention première; quelques-unes sont plus ou moins imitées ou traduites; je n'ai fait en ceci que suivre l'exemple de mon maitre qui ne s'est fait faute de puiser largement chez ses devanciers. Il est vrai que, habile alchimiste, il a presque toujours transmué leur cuivre en or; je n'ai pas la prétention d'avoir obtenu le même résultat; mais mon but s'est toutefois trouvé rempli ; sous leur forme même imparfaite ces affabulations ont été recueillies avec complaisance, comprises avec amour par les jeunes esprits auxquels je les ai tout d'abord destinées.

Je ne produis pas comme neuves la plupart des moralités ; le nouveau est en effet bien rare sous le soleil ; mais si ces moralités en elles-mêmes ne présentent pas, pour le plus grand nombre, des pensées que je puisse re-

vendiquer comme une émission personnelle,
du moins me suis-je attaché à les couvrir d'un
vêtement qui m'appartienne par la forme et par
la couleur. Quant à ce vêtement, il est, je le
reconnais, façonné trop souvent avec quelque
négligence ; mais si je m'étais astreint à suivre
le précepte de Boileau :

« Cent fois sur le métier remettez votre ouvrage. »

j'eusse fait d'une douce distraction un pénible
labeur et employé, d'ailleurs, à la correction
d'une œuvre sans importance, des heures réser-
vées aux études sérieuses !

Je sais bien que lorsqu'il s'agit de mettre un
livre au jour, la rapidité de la composition n'en
excuse pas les négligences ; mais cette sévérité
dans le travail, que doit avec raison s'imposer
l'auteur qui veut prendre rang comme écri-
vain et que tourmentent des aspirations de
gloire, ne saurait être demandée à celui qui n'est
auteur que par circonstance et par délassement.
Pourquoi serait-on plus exigeant à l'égard d'une
improvisation écrite que d'une improvisation
parlée ? Le tout est de donner l'œuvre pour
ce qu'elle est. La sévérité d'appréciation doit

être en raison des prétentions de l'auteur et de la nature de l'ouvrage.

Au reste, attacher une importance réelle à une œuvre de poësie, serait méconnaître la défaveur attachée de nos jours à toute production de cette nature ; bien peu de personnes lisent encore des vers, tant la poësie échevelée des trente dernières années a provoqué le dégoût et la satiété. —

Il est vrai que la société rentre dans l'ordre moral comme elle est rentrée dans l'ordre matériel ; l'intelligence et le cœur s'épurent sous les inspirations descendues du trône ; l'appel fait au bon et au beau n'est pas fait en vain ; mais quelle que soit la réaction qui s'effectue, elle ne saurait avoir raison du préjugé qui fait considérer l'apologue comme une matière épuisée en la forme et au fonds depuis La Fontaine.

Telle n'était pas cependant l'opinion de l'éminent fabuliste, convaincu de la justesse de ces vers de Phèdre :

« ... *Materiæ tanta abundat copia*
*Labori faber ut desit, non fabro labor.* »

Quoiqu'il en soit, je ne me préoccupe pas

d'un succès littéraire ; ces velléités de gloire siéent mal sous cheveux grisonnants ; aussi, en livrant à la publicité ce recueil de fables, je ne cède qu'à la pensée d'être utile à l'enfance, satisfait que dans le nombre de ces apologues il en soit un qui laisse dans quelques jeunes cœurs une heureuse impression. J'aurai dû, à cette pensée, de m'être placé au-dessus de l'opinion qui semble refuser au Magistrat tout droit de cité au Parnasse La grave Thémis , dit-on , doit se garder de toute coquetterie avec Apollon, et dans sa pruderie ne montrer au dieu qu'un visage constamment sévère sous peine de compromettre la 'dignité magistrale. S'il est pourtant un genre de poésie qui doive trouver grâce devant un tel puritanisme , c'est sans contredit l'apologue : Morale et justice ne sont-elles pas sœurs ? Je doute que La Fontaine, magistrat, eût rien perdu de sa considération pour être l'excellent fabuliste que nous connaissons.

L'esprit ne saurait être complètement absorbé par des méditations laborieuses sans plier sous le faix, et plus les travaux dont il s'occupe sont sérieux , plus il a besoin de chercher quelque rafraîchissement dans de passagères dis-

tractions; le plus éminent de nos Magistrats
demande à la mélodie des sons ce rafraîchissement de l'esprit; je le demande à la mélodie
des vers; où serait le ridicule, où l'inconve-
nance?

« ... *Ludus animo debet aliquando dari*
   *Ad cogitandum melior ut redeattibi.* »

# LIVRE PREMIER.

2.

## I.

## LE VER-LUISANT.

Du mérite pudique et vrai
     Image et doux symbole,
Au sein d'un gazon diapré
     Modeste Luciole
Brillait, sans même se douter
     De la clarté si pure
Que sa robe fait éclater
     Durant la nuit obscure.

Un reptile approche, en rampant,

    Qui, de sa bave impure

A longs flots sur le ver-luisant

    Distillant la souillure,

Fait tant qu'il eût éteint bientôt

    L'éclatante auréole.

— » Pourquoi, » dit tremblante au crapaud

    La pauvre Luciole ,

» Me souilles-tu du fiel épais

    » Que ta bouche distille?

» Dis-moi, qu'ai-je fait? » — » Tu brillais, »

    Répondit le reptile.

*Château de St-Paulet, septembre* 1840.

## II.

# LES TROIS CONCURRENTS.

Un Lion, en sultan par la grâce de Dieu

      Régnant en Afrique,

      Du mal cholérique

    Vint à perdre son Richelieu.

    Sa douleur, (le fait est notoire),

Fut grande; elle dura, j'en atteste l'histoire,

    D'un jour d'été le quart entier.

C'est beaucoup pour un roi, plus d'un n'y voudra croire,

Tant le fait parait singulier.

Voulant de sa douleur amère

Distraire

Son cœur trop longtemps attristé,

Pour la chasse sa Majesté

Partit avec grand équipage,

Veneurs, meute et tout l'étalage ;

Puis, au retour,

Libre de tout penser sinistre ,

Elle voulut , sur l'heure et sans tarder d'un jour,

Donner un successeur à son défunt ministre.

Par un firman daté de son charnier royal,

L'an douze cent six de l'hégire,

Sa Hautesse manda des confins de l'empire

Un limier entre tous réputé pour féal,

Fort savant, fort habile, expert en toutes choses,

Grand animal d'État, c'est tout dire en un mot.

Sur le vu des lettres closes

Notre limier partit tôt.

Mais il ne fut pas seul à se mettre en voyage ;

Du ministre décédé

Plus d'un se pensa fondé

A recueillir l'héritage.

Aussi ne tarda-t-il d'avoir pour compagnons

Un coursier de race pure,

Beau de robe, fier d'allure,

Coursier de mérite au fonds ;

Puis un singe assez laid, mais payant fort d'audace,

Comme tous ses pareils vrai bateleur de place,

Au Louvre léonin l'un et l'autre courant

Briguer la faveur royale.

Tous trois vers la capitale

De conserve allaient marchant,

Lorsqu'au détour d'un bois parut une gazelle ;

Emporté par l'instinct chasseur,

Le limier s'élance après elle

Et court encor, nous dit l'auteur

De qui je traduis ma nouvelle.

Resté seul compagnon du coursier voyageur,

Le singe, un peu boiteux, ne suivait qu'à grand' peine ;

Aussi tout près de perdre haleine :

— « Noblesse et bonté ne sont qu'un, »

Dit notre bateleur d'une voix pateline ;

— « Il serait, monseigneur, pour moi fort opportun

» D'aborder sans retard la cité léonine ;

» Veuillez sur votre noble échine

» Quelque peu me laisser asseoir. »

— » Volontiers ! le Coran dans sa sainte doctrine

» De s'entraider fait un devoir ;

» Montez donc ! » ajouta le coursier d'Arabie

Avec ce ton de bonhomie,

De cette voix de vrai seigneur

Qui, doublant le prix d'un service,

En fait la plus douce valeur.

Pour accepter le bon office ,

Le singe par deux fois ne se fit pas prier ;

D'un bond sur le dos du coursier

Notre bon apôtre

S'élança comme eût fait le meilleur écuyer.

Trottant et galopant, ainsi l'un portant l'autre,

Singe et coursier, vers le déclin du jour,

Parvinrent au royal séjour.

Nos voyageurs s'y séparèrent ;

L'un d'un côté, l'autre de l'autre allèrent,

Chacun dissimulant le projet qu'il nourrit

Eu son esprit.

Le concurrent de race pure,

Pour obtenir le haut emploi,

Sur des amis de cour avant tout faisait foi;

Il comptait bien aussi sur sa riche encolure

Soit dit entre nous ;

Pour l'encolure passe encore!

Plus d'un ministre y dut ses succès les plus fous'

Ailleurs même qu'en pays more.

Quant aux amis de cour, fou qui sur eux bâtit !

C'est bâtir châteaux en Espagne.

Le second concurrent entreprit sa campagne

Sur l'heure ; sans tarder au Louvre il se rendit,

Le front haut, le verbe de même ;

A cette boursouflure extrême

Pour un personnage on le prit ;

La porte devant lui s'ouvrit.

— » J'accours, sire, dit-il, du fond de ma province,

» Apporter au prince,

3

» ( De tout sujet c'est le devoir ) ,

» Mes hommages d'abord, puis, dans cette occurrence,

» L'humble tribut de mon savoir. »

— » C'est bien ! je vous sais gré de votre diligence , »

Répondit le sultan qui prit la suffisance

Pour science et talent, et singe pour limier.

— » Voici mon scel ; allez bien vite expédier

» Toutes affaires en souffrance. »

Entre un singe, un limier le sultan se méprit ;

J'estime, quant à moi, qu'il ait pu se méprendre,

Tous les jours ne voit-on pas prendre

Un fat pour un homme d'esprit

Et le mérite et la science

Céder le pas à l'arrogance ?


L'auteur d'où ce conte est extrait

Pour morale de sa nouvelle

Ajoute que mainte gazelle

Trop souvent du but nous distrait.

*Paris, Février* 1850.

# III.

# L'ARBRISSEAU ET L'HORTICULTEUR.

Beau de port, riche de ramure,

Un Arbrisseau croissait orgueil du possesseur ;

Le cher homme en faisait admirer l'envergure

A tout visiteur.

La sève en était sans pareille

Et c'était en effet merveille

Que sa vigueur.

On put voir bientôt cette plante

Exhubérante

Se couvrir de fleurs par milliers.

Jean, (c'était son nom), fit comme avait fait Perrette ;

Il compta, supputa, remplit de la cueillette

En espoir au moins vingt paniers.

Notre amateur d'horticulture

Redoubla terreaux et fumure

Pour accroître encore le produit.

Hélas ! ses rêves échouèrent :

Tous ces milliers de fleurs coulèrent ;

Nulle ne vint à fruit.


Ainsi de fleurs en son jeune âge

L'homme est vu parfois se couvrir ;

Puis ces fleurs, trompant tout présage,

Passent sans un fruit à cueillir.

*Alger, décembre* 1852.

IV.

# LE FRUIT DU LAC ASPHALTITE.

Il croît près d'Ingadi, sur les bords de l'Asphalte,

Un fruit dont la fraîcheur éveille le désir ;

Par sa course altéré si l'Arabe fait halte

    Pour le cueillir,

  Ses lèvres l'effleurent à peine

  Que le souffle le plus léger

  Au loin comme une cendre vaine

  Disperse le fruit mensonger.

Du bonheur , de l'homme lui-même

Ce fruit est trop souvent l'emblême ;

Bien fou qui se fie au bonheur !

Le bonheur, comme lui, trompe une soif ardente ;

Rarement sur l'âme brûlante

Il verse un suc réparateur.

L'homme également peut surprendre

Par l'éclat de l'extérieur ;

Malheur à qui se laisse prendre

A cet éclat trompeur !

Il n'est sous l'écorce que cendre.

*Alger, avril* 1853.

# V.

# LE NÉVROPTÈRE.

Tout brillant d'azur et d'opale
Et fier d'une robe où s'étale
D'Iris l'arc aux mille reflets,
Vif, svelte, mobile à l'excès,
Plus léger que bulle légère
Voyez ce charmant Névroptère,
Aux ailes de gaz et d'émaux,
Qui sur les fleurs et sur les eaux

Si gracieusement voltige

Et se pose en son vol parfois ,

Quelque frêle que soit la tige,

Sans qu'elle penche sous le poids.

Mais ces haltes sont éphémères ;

Il n'est fixé par nulle fleur ;

Les roses , les lys , les fougères

N'ont pour lui nul miel , nulle odeur ;

Vainement sous ses yeux l'abeille

En extrait sa liqueur vermeille ,

Prêchant d'exemple à tout venant.

Il n'a pour loi que l'inconstance

Et consume son existence

Dans un stérile mouvement.


Taillés sur ce même modèle ,

Damoiseaux légers de cervelle ,

Sur la pointe des pieds courant ,

Dans nos parages sublunaires

Combien d'hommes sont Névroptères.

*Alger, avril* 1853.

# VI.

# LE STEEPLE-CHASE.

À l'instar de maint autre Roi,

Le Lion voulut introduire

D'un steeple-chase en son empire

L'émouvant et noble tournoi.

Pour proclamer l'édit suprême,

Hérault à la voix de Stentor,

Jusqu'au confin le plus extrême

Maître Aliboron prit l'essor,

4

Convoquant coursiers pour la joûte

Et partout brayant sur la route

Le brillant programme du sport.

Au rendez-vous maints coursiers accoururent ;

Beaux entre tous , deux y parurent ;

Ils étaient superbes à voir ,

OEil en feu, narine fumante,

Crinière au vent , bouche écumante,

Dévorant l'espace en espoir ;

Du sabot ils creusaient la terre

Et hennissaient appelant le signal

Qui, tombé du siège royal ,

Doit à tous ouvrir la carrière.

Le signe est fait : et, prompts comme l'éclair,

Ils partent , volent , fendent l'air ,

Droit au but ils se précipitent

Et, franchissant ravins, halliers, ruisseaux,

Laissent derrière eux tous rivaux

Qui, distancés, pour la plupart hésitent

Et, vaincus, s'arrêtent bientôt.

Un seul , espèce de rustaud,

Tient bon, comptant à défaut de mérite

    Sur le hasard.

L'Envie, ou soit un Renard émérite,

    Expert en plus d'un traquenard,

    Avait élu gîte au passage

    Et, fleur de terre, avait fait rage

    A creuser un large terrier.

    Lancés de toute leur vitesse,

    De front l'un et l'autre coursier

    Abordent la voûte traitresse

    Et s'enfoncent sous ses débris.

    Le rustaud survient à leur suite ;

    Il voit le danger et l'évite ;

    Malheurs d'autrui lui sont profits.

    Non content de ce premier piège,

Un peu plus loin mons Renard à l'affût

    Préparait bien autre manège ;

    L'Envie est âpre à poursuivre son but ;

    Du haut d'un roc longeant la voie

    Où doivent passer les joûteurs,

    Il les guettait comme une proie,

Prêt à faire sur les vainqueurs

Rouler un bloc qui les foudroie.

Notre rustaud vient à surgir :

— » Qu'est-ce? » dit-il ; » vraiment, j'en fais gageure,

  » Le porteur de pareille encolure

  » N'est pas de taille à concourir ;

  » Quelque curieux , sans nul doute !

» Laissons passer cet encombre de route. »

  Il fut fait ainsi qu'il fut dit :

  Et, grâce au dédain qu'il inspire,

  Grâce au hasard qui le servit,

  Le prix du sport fut pour le sire.


  L'Envie est toujours à l'affût

Sur les pas du mérite élevant quelque embûche ;

  Tandis que celui-ci trébuche ,

La médiocrité passe et parvient au but.

*Alger, mai* 1853.

VII.

# LES DEUX RENONCULES.

Brillantes fleurs fort recherchées

Des amateurs

Pour leurs couleurs,

Deux Renoncules panachées,

L'une auprès d'un œillet

En un riche parterre

S'étalait,

L'autre auprès d'une serpentaire

Fleurissait.

Avant que ces fleurs feuille à feuille

Livrent leurs corolles au vent,

Epris de leur éclat brillant,

　　Un amateur les cueille

Et s'émerveille en les cueillant

Que nul de ces enfants de Flore

　　　Ne soit inodore.

Ce phénomène était l'effet

Tout simplement du voisinage ;

L'une de ces fleurs en partage

Avait le parfum de l'œillet ;

L'autre, hélas ! de la serpentaire

Exhalait l'odeur délétère.


Notre moralité se devine aisément,

　Sans la mettre plus en saillie :

Jeunesse toujours gagne en bonne compagnie,

　En mauvaise elle perd d'autant.

*Alger, mai* 1853.

VIII.

# L'HÉLIANTHE.

Ami plus intime du prince,

Voulant se délasser de labeurs trop constants,

Certain homme d'Etat au fond de sa province

Vint chercher le repos des champs.

Il comptait y passer les jours caniculaires

Dans l'entier oubli des grandeurs

Et, sous l'opacité des chênes séculaires,

Mettre trève aux soucis rongeurs

De tout homme d'Etat trop nombreux tributaires.

En homme des champs transformé,

Prenant pour parangon l'homme juste d'Horace,

Dans sa fraîche villa notre sire enfermé

Du sort défiait la disgrâce.

Pour ce cœur presque étiolé

Le doux chant de Bulbul, des eaux le doux murmure,

Les fleurs et leur parfum, les bois et leur verdure,

C'est tout un monde révélé,

Monde d'émotions nouvelles,

Monde de pure volupté,

Où l'âme en pleine liberté

Déploie avec bonheur ses ailes.

Chassez le naturel, il revient au galop,

A dit quelque part un poëte ;

Pour vérité je tiens ce mot ;

La preuve en sera bientôt faite.

Le premier mois à peine avait fini son cours

Que tout change et se modifie ;

La riante nature au mirage des cours

De nouveau s'est évanouie ;

D'abord l'homme d'Etat éprouve quelque ennui ;

Puis le vide bientôt se fait autour de lui ;

    Ses pensers vont à la dérive

Loin des champs ; au Louvre un mouvement déclive

    Les entraîne insensiblement.

— « Ne suis-je pas, » dit-il, » le Pylade du prince ?

» Certes, je ne crains pas qu'un concurrent m'évince ;

» Notre amitié vieillie est scellée au ciment.

    » Mais plus nos cœurs ont d'adhérence,

    » Plus au roi je dois mon appui ;

    » J'ai déjà pris trop de licence,

    » Levons l'ancre dès aujourd'hui. »

Il disait : un courrier au détour d'une allée

Se montre ; il est porteur d'un message atterrant ;

Vile esclave du peuple une lâche assemblée,

    Sans honte cédant au courant,

    Du prince a brisé la couronne.

    Notre héros de l'amitié,

    Comme à l'aspect d'une Gorgone

    Semble d'abord pétrifié ;

Puis, ainsi qu'une fleur fait après la tempête,

5

Lentement relevant sa tête

Qui sur la poitrine penchait,

Il dirige un regard distrait

Sur le disque d'un Hélianthe.

— « Mon devoir m'est tracé, dit-il, par cette plante;

» A ma belle patrie avant tout je me dois ;

» Le pouvoir voilà la patrie !

» Du fond du cœur je plains le roi ;

» Mais l'homme d'Etat sacrifie

» Ses affections au devoir ;

» L'Hélianthe au soleil converge ,

» Je dois converger au pouvoir ;

» Le prince est submergé ; mais le pouvoir surmerge. »


C'est toujours ainsi dans les cours,

On dit aimer le prince, on se fait homme-lige ;

Mais comme un tournesol, se mouvant sur sa tige,

Suit le soleil, on suit le pouvoir en son cours.

Les reins du courtisan furent toujours flexibles,

Ils le sont et seront toujours :

Le pouvoir, vrai soleil, pour eux dans son décours.

A des effets irrésistibles.

*Alger , Juin* 1853.

# LE LOUP ET L'AGNEAU.

La raison du plus fort est toujours la meilleure,

    A dit notre grand fablier ;

    Je pose à rebours la majeure

Et sous l'aide de Dieu je m'en vais essayer

    D'en faire ici preuve sur l'heure

Avec le même Loup, avec le même Agneau.

    Je tiens pour vrais, ainsi que Lafontaine,

    Les faits passés au bord de l'eau.

Même pour vrai qu'au fond de la forêt prochaine,

Préférant la force à tous plaids,

Le Loup, engeance fort méchante,

Sans autre forme de procès,

Emporta la bête innocente ;

Mais je conteste, histoire en main,

Que sire Loup l'ait dévorée ;

J'ai lu dans un vieux parchemin

Que sa noirceur fut conjurée.

Dieu sous son égide en effet

Se plait à prendre l'innocence ;

Ce loup en fit l'expérience.

Au bois à peine il pénétrait

Que dans un piège il se fourvoie ;

Pris par la jambe au trébuchet,

de douleur il lâche sa proie ;

Aussitôt Agneau de courir.


Plus d'un méchant a parfois la victoire,

C'est vrai ; mais plus souvent de ses noirceurs martyr

Il n'en recueille que déboire.

*Alger, Juin 1853.*

X.

# LA SENSITIVE.

— « Combien cette fleur est jolie ! »

    Disait à sa mère chérie

    Naïve enfant, ange aux yeux bleus ;

  » Mère, permets que je la cueille ;

  » En elle tout est gracieux

  » Et pistil et corolle et feuille. »

    La mère répondit oui des yeux.

Et l'enfant de ses doigts de rose ,

Joyeuse du consentement ,

A cueillir la fleur se dispose ;

Mais, ô prodige ! au même instant

Tout entière a frémi la plante ;

La fleur rentre en elle et, tremblante,

Comme pour lui faire un rempart,

Chaque feuille autour  se resserre.

L'enfant s'arrête émue ; — « O mère !

» Donne à cette plante un regard, »

Dit-elle ; « Vois donc ! sur sa tige

» La fleur frissonne et semble fuir ;

» Plus je n'ose, hélas ! la cueillir ;

» Parle ! explique-moi ce prodige ! »

— « Au moindre contact cette fleur

» Qui te charme et fait ton délice,

» Ainsi referme son calice

» Pour sauvegarder sa fraîcheur.

» Ma fille ! prends-la pour ton symbole ;

» Imite l'instinct de pudeur

» Qui protège sa corolle,

» Si tu vcux garder ta candeur,

» Qu'elle soit ton constant modèle!

» Au moindre contact, tout comme elle,

» Enfant, ferme avec soin ton cœur! »

*Jardin d'Essai*, 8 *Juillet* 1853.

# LIVRE DEUXIÈME.

I.

# LE COQ D'INDE.

Comme un point noir dans les cieux

Noble et charmante damoiselle

    Suivait des yeux,

Du haut balcon de sa tourelle,

Le courageux émérillon

    Lancé par elle

A la poursuite d'un héron.

La lutte fut longue et sanglante ;

Puis tout-à-coup l'oiseau chasseur

Près de la beauté palpitante

Du héron s'abattit vainqueur

Et sur la main de sa maitresse,

Que recouvrait un gantelet,

Se pose, sûr d'être l'objet

  D'une caresse ,

Doux guerdon fait à sa prouesse.

Son attente fut en effet

Couronnée et bouche de rose

D'un baiser le récompensa.

Sans nulle peine on comprendra

Que de ce baiser soit éclose

  En plus d'un cœur

  Jalouse humeur.

Engeance à l'excès vaniteuse ,

Comme tous les sots envieuse ,

  Sot entre tous ,

Un Dindon se montra jaloux.

Voyant si belle châtelaine

Caresser cet émérillon ,

Pour en capter l'attention

Et s'adjuger pareille aubaine,

Va, vient l'oiseau de basse-cour;

De cent façons il s'évertue,

Vingt fois du donjon fait le tour;

Il glousse, il appelle, il salue,

Se donne mille mouvements,

Fait la roue, allonge la crète,

Et, redoublant ses gloussements,

Crie et crie à fendre la tête.

Tant de labeur fut pris envain;

Notre châtelaine lui donne

A peine un regard de dédain;

    Il s'en étonne;

— » Ne suis-je pas, dit-il, l'oiseau

» Naguère transporté de l'Inde?

» J'aurais droit aux honneurs du Pinde

» Et l'on me traite en vrai corbeau.

» Pour qu'on lui fasse chattemite,

    » De l'hobereau

» Quel est après tout le mérite?

» Je comprends peu telles faveurs ,

» Encor moins telle préférence ;

» Femme seule a de ces erreurs. »

Là-dessus Dindon recommence

Ses gloussements à toute voix.

Un vieux Coq un peu narquois

Lui tint à peu près ce langage :

— « Je me plais à rendre à vos droits

   » Un juste hommage

   » Et suis garant

» Que noble et gente damoiselle

» Sur son balcon en fait autant ;

   » Donné par elle

» Un baiser là-haut vous attend ;

   » Tirez de l'aîle !

» Le tout est d'aller le chercher. »

Par ce propos qui le baffoue

Notre sot se laisse allécher ,

Se rengorge et refait la roue.

La vanité presque toujours

Se fourvoie et la raillerie

Passe à ses yeux pour flatterie.

Pris à l'appeau de ce discours,

Il redouble d'afféterie ;

Puis soudain d'un vol par trop lourd

Il s'élance et retombe à court.

Qui fut honteux ? ce fut le sire ;

Jugez si le Coq en dut rire !


Moralités de bon aloi

Sont en nombre en cet apologue ;

Mais la suivante , quant à moi,

Est la seule que j'homologue :

Combien de gens ne voit-on pas

Criant bien haut et volant bas.


*Alger,* 10 *Juil'et* 1853.

## II.

# LE MOINE ET LE MALTOTIER.

A M. LE VICAIRE - GÉNÉRAL ABBÉ SUCHET.

En appliquant la règle en son sens littéral,
  Souvent à l'absurde on s'expose ;
  A toute règle il faut sa glose
Tempérant ce qu'elle a de par trop radical ;
  Sagesse mêmement commande
  Que suivant les cas on l'amende.
  Au joyeux curé de Meudon

J'emprunte une vieille légende
Plaisant thème pour ma leçon.


Certain receveur de gabelles
Se présente au bord d'un torrent ;
Pour passer au-delà son embarras est grand ;
Point il ne sait nager et point il n'avait d'ailes ;
Survient Moine au large poitrail
Et doué d'échine semblable ,
Qui , jetant bas froc et camail ,
Compte se rendre ainsi l'autre rive abordable.
— « Frère ! » dit-il au Moine ; » ensemble passons bail ;
» Sur votre dos daignez me prendre ;
» Je promets en retour froc neuf en drap de Flandre ,
» Froc , capuche et tout l'attirail. »
— « A vos désirs je dois me rendre, »
Répond le Moine au publicain ;
» Le divin maître nous ordonne
» De venir en aide au prochain
» Sans acception de personne. »
Il dit et sur son dos il prend le financier,

Gagne au large et soudain s'arrête

Au beau milieu du fleuve et, retournant la tête :

— « J'ai crainte de me fourvoyer ;

» Excusez-moi, » dit le saint homme ;

» Mais je voudrais savoir s'il est d'or ou d'argent

» En votre sac certaine somme. »

— « En douter serait outrageant, »

Reprend le Maltotier ; « grâce à Dieu j'ai chevance

» D'écus tous marqués au bon coin ;

» D'avoir souci du froc, bon père, il n'est besoin. »

— « Le froc m'occupe peu, mais cas de conscience ;

» Par chapitre formel la règle fait défense

» D'avoir sur nous même un denier. »

Et ce, disant, pour épilogue,

En pleine eau notre Cordelier

Jette à même le Maltotier.


Que conclure de l'apologue ?

Qu'il faut vivifier la lettre par l'esprit

Et que règle absolue à l'absurde aboutit,

*Alger*, 18 *Juillet* 1853.

III.

# LES COUPS DE LANGUE ET LE COUP DE POIGNARD.

Ne savons trop pour quel débat

Ligués dans une ire commune,

Deux quidams contre un magistrat

Donnèrent cours à leur rancune ;

L'un de sa langue fait un dard

Et lance parole ambiguë ;

En un sombre recoin de rue

L'autre assène coup de poignard.

Qui mieux est servi dans son ire ?

Qui vengeance plus sûre obtient ?

Certes, il n'est besoin de le dire :

D'un coup de poignard on revient ;

Sous les coups de langue on expire.

*Alger,* 1ᵉʳ *août* 1853.

IV.

# LA PIE.

A coups de langue un méchant tue ;

C'est, hélas ! chose fort connue ;

Mais il n'est seul à faire usage d'un tel dard ;

Par malencontre il est une engeance honnie,

Sotte engeance du babillard,

Qui va contant à l'étourdie

Tout ce qu'il sait et point ne sait

Et, sans même qu'il en ait mine,

8

Sans se douter du mal qu'il fait,

Bénignement vous assassine.

Babillards ! ma fable est pour vous.


Un Aigle tenait cour plénière ;

Des courtisans la fourmilière

Fut grande au royal rendez-vous ;

C'est toujours ainsi chez les princes,

Qu'ils soient Caligula, Trajan, Aigle ou Lion.

Nul n'y manqua ; toutes provinces

Eurent leur contingent auprès du Pharaon.

Une Pie y faisait l'office

D'introductrice,

Babillant, jasant, caquetant,

Véritable tête à l'évent,

Sur chacun ayant mot à dire.

Un nouveau venu survient : — « Sire !

» A votre Majesté je présente un Moqueur, »

Dit-elle ; » ce gai visiteur

» Sans doute aura l'heur de vous plaire :

» Il a le don de contrefaire,

» A s'y tromper chacun de nous ;

» Hier avec un talent extrême

» Il vous a contrefait vous-même ;

» C'était à le prendre pour vous. »

— « L'insolent ! » cria l'Aigle en colère,

» Sans respect pour ma Majesté

» 'Oser !..... telle témérité

» Mérite un supplice exemplaire. »

— « Par Jupin ! j'aurai fait erreur

    » Et que Jupin le garde ! »

Reprit la sotte babillarde,

Tremblante et confuse en son cœur

De ses paroles trop légères.

Mais sans fruit fut son repentir ;

L'Aigle bel et bien sous ses serres

Fit du pauvre mime un martyr.


'Un mot lancé ne peut plus revenir.

*Alger,* 8 *Août* 1853.

# V.

## LA POTION.

Sous les étreintes de la fièvre,

Souffreteux, un enfant dans un berceau gisait,

De ses petites mains écartant de sa lèvre

    La coupe qu'on lui présentait.

— « Trop d'amertume a ce breuvage ;

    » De le boire point n'ai courage, »

Disait-il ; » bonne mère ! Oh ! ne me gronde pas ! »

— « Bois sans nulle crainte, ô mon ange !

» C'est la santé que tu boiras ;

» D'un doux nectar le doux mélange

» En mitige le fiel étrange ;

» Bois si tu m'aimes, cher petit ! »

Répondit la mère anxieuse,

» Bois si tu veux me rendre heureuse. »

- « Je t'aime ! » Et l'enfant plus ne dit ;

Mais il prit des mains de sa mère

La coupe et la but tout entière.

Un doux baiser en fut l'acquit.


Presque toujours, hélas ! la coupe de la vie

N'offre à nos lèvres que du fiel ;

Mais la religion y mêlant son doux miel

En adoucit même la lie.

*El-Biar*, 10 *Août* 1853.

VI.

# LA CASSOLETTE.

Un frivole écolier trouve une cassolette

    Pleine d'encens d'Yémen ;

    Sur un brasier l'enfant le jette ;

Un doux parfum s'en exhale soudain ;

Le père était présent : un père en toute chose

    Trouve un thème à quelque glose :

    Pour semondre son écolier

Le nôtre au vol saisit la circonstance ;

— » Ecoute ! et retiens ma sentence :


» Comme l'encens, mon fils, est notre intelligence

» Le travail en est le brasier. »

Alger, 12 Août 1853.

# LES DEUX SINGES.

Une foule de gens embrassent vingt projets

    Et, loin d'être effrayés du nombre,

Aux vingt premiers déjà dont ils portent le faix

De vingt autres encore ils ajoutent l'encombre.

Quel est le résultat ? Sans doute un monument !

Loin de là !.... Seulement décombre sur décombre ;

Nul projet n'aboutit ; l'apologue suivant

Vaudra pour exemple probant.


Deux Singes, père et fils, en campagne, pour lucre,

Font rencontre d'un champ plein de cannes à sucre ;

C'était pour eux festin de roi.

Les Singes sont friands de telle picorée ;

Jugez si père et fils sont prompts à la curée !

Ils en mangent leur saoul ; puis songent au convoi.

Le père fit son faix léger et sur l'épaule,

Bien lié, le place avec soin.

Plus glouton le second Babouin

De sa moisson fait un vrai môle,

Mais sans ceps pour le maintenir ;

Soudain l'alarme sonne et Singes de s'enfuir !

Le père avec son faix s'esquive,

Sans nulle encombre, allègrement.

Le fils, avant d'en faire autant,

Prend dans ses bras charge excessive,

Mais pêle-mêle, à tout hasard.

On le poursuit et le fuyard,

Serré de près, hâtant sa course,

S'en va, semant par le chemin

La meilleure part du butin

Et n'arrive au giron que vide de ressource

Et tout penaud.

— « Tout entière voilà ma gerbe, »

Dit le vieux Singe à son jeune Magot ;

« Mon fils, retiens bien ce proverbe

» Que je tiens d'un aïeul qui d'un aïeul le tint :


» Qui trop embrasse mal étreint. »

*Gorges de la Chiffa*, 18 Août 1853.

## VIII.

# LE RUISSEAU.

A MA FILLE EMMA.

Enfant que j'aime d'amour tendre,
Tu veux, ma fille, à ton propos,
Contre Lafontaine en champ clos
Me faire de nouveau descendre ;
Tu veux une fable pour toi.
Payé d'un baiser, ton vieux père

S'aventure pour te complaire

A tenter ce nouveau tournoi.


Au sein d'une fraîche vallée

D'ombre et de jour entremêlée

Une source, aux ondes d'azur,

Sur la mousse et la molle arène

Sans bruit avec lenteur promène

De ses eaux le cristal plus pur.

Entre les fleurs que sa main sème

Du ruisseau Dieu s'est plu lui-même

A tracer les mille contours ;

Les cieux dans leur beauté suprême

Se réfléchissent en son cours

Et quiconque en foule la rive

Des élus, dans sa foi plus vive,

Rêve les suaves amours.


Enfant que j'aime tant, doux ange

Que Dieu d'une sainte phalange

A détaché pour mon bonheur,

Ce ruissel, à l'eau transparente,

Suivant si doucement la pente

Que lui fit la main du seigneur,

Est ton âme pure et candide

Qui suit la voie où Dieu la guide

A travers le vallon des jours ;

Soumise à la volonté sainte,

Elle suit la divine empreinte,

Quelques en soient les détours.

Par l'éclat de ses folles joies

De l'attirer dans d'autres voies

Le monde essaiera bien souvent ;

Mais, aveugle à ce faux mirage,

Jusqu'au bout du pélérinage

D'un pas ferme toujours marchant,

Doux ange, enfant que j'aime tant,

Tu garderas pour ton symbole

Le ruisseau de ma parabole.

*Alger,* 22 *Août* 1853.

# IX.

## LE PAPILLON ET LA CHENILLE.

Dans son essor volage

A travers le vallon

Un brillant Papillon,

Gardait plus doux hommage ,

Baisers moins inconstants

Pour la fleur d'un narcisse

Qui penchait son calice

Sur les flots transparents.

10

L'insecte tout d'abord voltige,

Dans ses désirs irrésolu ;

Puis il se pose sur la tige

Où l'attire un charme inconnu.

Avec la fleur d'or et d'albâtre

Au même instinct obéissant,

Il se mire complaisamment

Dans le cristal de l'eau bleuâtre.

Tout énivré de sa beauté,

Au soleil il fait de ses aîles

Miroiter les mille étincelles

Et l'onde, en son prisme argenté

Réfractant la splendide image,

En redouble encor le mirage.

Le bel insecte s'affolait

Aux effets merveilleux du prisme ;

De l'amour-propre satisfait

Il éprouvait le paroxisme,

Lorsque dans le miroir des eaux

De Chenille sale et rampante

Il voit près de lui sur la plante

Se dérouler les douze anneaux.

— « Qu'est-ce que cette engeance ? »

Dit-il avec dédain.

— « Je suis ton frère..... et vien

» Partager ta chevance, »

Tout bas répondit-on.

— « Toi ! mon frère !.... allons donc !

» Foin d'un tel parentage !

» Tu n'es qu'un inconnu ! »


Ce Papillon m'offre l'image

De plus d'un brillant parvenu.

*Hydra, 24 Août 1853.*

X.

# LES REFLETS.

Enfants, le globe d'or, dont la brillante flamme

Vers le soir, tous les mois, inonde l'horizon,

Servira cette fois de trame

A ma leçon.


Du globe naguère encore

Vous admiriez la grandeur,

Alors que des flots qu'il dore

Il sortait avec splendeur

Et que, des ombres vainqueur,

Il diaprait de lumière

Et les cieux et l'onde amère.

Mais bientôt l'orbe a décru ;

Sa face s'est échancrée

Et la splendeur admirée

Dans la nuit a disparu.

Enfants, de tels effets vous savez l'origine

A l'égal de maître Arago ;

Aussi n'est-il de sa doctrine

Besoin qu'auprès de vous je me fasse l'écho.

A la moralité j'arrive

D'un bond et sans autres détours.

Combien n'est-il pas dans les cours

De gens qui jettent clarté vive ;

Je le dis des cours et d'ailleurs ;

Ce sont de brillants réflecteurs,

Ne devant l'eclat qu'ils projettent

Qu'aux seules clartés qu'ils réflètent.

Que l'un soit du prince éconduit,

Il rentre aussitôt dans la nuit.

*Alger*, 28 *Août* 1853

# LIVRE TROISIÈME.

41

I.

# LE JEUNE ENFANT ET LA BRANCHE DE SUREAU.

Et par monts et par vaux courant,

Aux bords d'une onde pure un jeune gars arrive ;

Il voudrait bien sur l'autre rive

S'élancer d'un seul bond ; mais le saut est bien grand !

L'enfance est fort imitative

Et cet instinct lui sert de maître assez souvent.

Le gars se souvient que naguère

Au moyen d'une gaule il avait vu son père

Sans peine franchir le torrent.

Pourquoi n'en ferait-il autant ?

Concevoir pour l'enfance, agir est même chose ;

Le fait est aussi prompt que la pensée éclose.

Une branche est coupée au plus prochain hallier ;

Le gars l'enfonce au sein de l'onde

Et, s'appuyant sur ce levier,

S'élance, audacieux, par-dessus l'eau profonde ;

Mais la branche n'était, hélas ! que de sureau ;

Elle rompt : au courant de l'onde

L'enfant tombe ; le flot l'entraîne ;

Il eût péri si, par bonheur passant,

Un pâtre de mort trop certaine

N'eût sauvé le jeune imprudent.


Ce n'est pas tout d'oser : il faut faire alliance

De l'audace à l'expérience

Voulez-vous un exemple ? il est dans l'Empereur ;

Plein de sagesse en son audace ,

Au jour marqué dans son grand cœur

D'un bond de son coursier il a franchi l'espace

Où roulait dans l'abîme un flot dévastateur ;

    Par delà le vaste intervalle,

Superbe, se trouvait la France impériale

Avec toute sa gloire et toute sa splendeur,

Qui, pour lui mettre au front couronne sans rivale,

    Attendait le triomphateur.

Mais de mon fabliau je poursuis la morale :

Trop souvent l'apparence offre un aspect trompeur ;

    L'aspic est parfois sous les roses ;

A trop de confiance avant d'ouvrir son cœur,

La sagesse avec soin regarde au fond des choses.

*Alger,* 18 *Octobre* 1853.

II.

# LE LION ET LA MÈRE.

Des forêts de l'Atlas transporté dans Florence,

    Énorme, à la crinière immense,

    Un Lion, captif indompté,

    De sa cage brisa l'entrave ;

    La bouche écumante de bave,

    Et l'œil de sang tout injecté,

    A travers la ville éperdue,

Terrible, il s'élance, il bondit ;

Homme, femme, enfant, à sa vue

Tout se précipite, tout fuit.

Une Mère !... douleur atroce !

Dans son élan désordonné

Sur les pas du monstre féroce

Laisse tomber son premier-né.

Le monstre s'en saisit ; folle, hors d'elle-même,

La Mère jette un cri suprême

Et sur l'animal étonné

Fixe un de ces regards de flamme

Où, sublime rayon de Dieu,

Tout entière jaillit notre âme.

Fasciné sous cet œil de feu,

Le monstre perd toute colère,

Demeure immobile un moment ;

Puis il pose l'enfant à terre ;

Puis il s'éloigne lentement.


Depuis mes premiers ans je garde en ma mémoire,

Enfants, cette touchante histoire ;

Je vous l'offre aujourd'hui comme moralité.

Qu'y trouvons-nous ? que la force brutale

Cède un empire incontesté

A la force morale.

*Alger, 22 Octobre 1853.*

## III.

## LE LIONCEAU.

Un Lion eut un fils ; sa joie en fut extrême ;
    Qu'on soit homme , qu'on soit lion ,
    Prince, bourgeois, besacier même ,
    N'importe, on veut avoir un rejeton ;
    Chacun met son bonheur suprême
A renaître en un fils , fut-il un avorton.
Notre Lion du reste avait tout sujet d'être
      Fier et joyeux ;
Le jeune sire était d'une étoffe à promettre

Un successeur en tout digne de ses aïeux.

Sa grâce, sa beauté, sa vigueur, sa souplesse

En faisaient parmi son espèce

Le vrai phœnix des Lionceaux.

Maître ès-arts chez les animaux,

En droite ligne issu de Fagotin lui-même,

Un Singe, clerc en plus d'un thème,

Lui fut donné pour gouverneur.

Ce Macaque avait pour système

D'être animal de cour plus encor que docteur.

Pour se maintenir en faveur

C'est une méthode assez sûre ;

Aussi n'eût-il point d'autre cure

Que de complaire à l'écolier

Par mille tours de passe-passe,

Souvenirs d'un premier métier.

Alerte, souple, plein de grâce,

L'élève retint promptement

De maître Fagotin le plaisant répertoire.

Il sautait, il ballait, et, voire,

Il faisait le saut du tremplin

A dépiter tout Tabarin.

Chacun louait son savoir-faire ;

C'est bon pour gens de cour, louer est leur affaire ;

Mais le Lion lui-même à ces tours de jongleur

Ne se faisait faute en son cœur

D'applaudir ; ce sont là des faiblesses de père,

Tant tout amour porte un bandeau !

L'enfance toutefois s'écoule ;

Tout en sautant, ballant, grandit le Lionceau ;

L'adolescence fuit, l'âge mur se déroule ;

Le voilà Lion devenu

Et ce je ne sais quoi, cette grâce, apanage

Que possède seul le jeune âge,

Avec cet âge a disparu ;

Et cependant encore il balle, il se dandine,

A tout venant fait mainte mine ;

Mais s'il charmait jadis, maintenant il déplait

Et, s'il n'était Lion, chacun s'en moquerait.


De plus d'un ci-devant jeune homme,

Qu'il n'est besoin que je vous nomme,

De point en point et trait pour trait

Dans notre Lionceau se voit la ressemblance ;

Notez ceci pour résultat plus sûr :

Presque toujours les grâces de l'enfance

Sont les défauts de l'âge mûr ;

Heureux encor quand ces grâces factices

Pour chrysalide, hélas ! n'ont pas des vices.

*Birmandreïs*, 28 *Octobre* 1853.

IV.

# LE ROSSIGNOL, LE COQ D'INDE ET LE MERLE.

Un Rossignol de son ramage

Charmait les hôtes du bocage ;

De nombreux applaudissements

Accueillaient chacun de ses chants ;

C'était un délire suprême

Parmi les auditeurs.

Et du bis plus d'un morceau même

Eut les honneurs.

Membre de l'auditoire,

A ces parfums de gloire

Largement énivré,

Un Coq d'Inde se crut de pareille victoire

Follement assuré.

Ce Coq d'Inde était vaniteux ;

C'est le propre de son espèce ;

Les sots de croire en eux

Plus que tout autre ont la faiblesse.

De Bulbul les chants les plus doux

Finissaient à peine

Que Coq d'Inde aux échos jette de ses glouglous

L'étrange cantilène ;

Jugez la surprise de tous !

Si tout d'abord chacun s'étonne,

Ce fut à la ronde bientôt

Un chorus de sifflets à couvrir un trombonne.

Notre chanteur et preste et tôt

Sous pareille tempête,

Hélas ! n'eut qu'à battre en retraite.

L'amour-propre des sots a pour indemnité

De vrais trésors de vanité ;

— « Je mérite mon sort, dit-il ; qu'avais-je à prendre

» Pour juges de tels béotiens ?

» Certe, il est d'autres musiciens

» Plus dignes de m'entendre. »

Un Merle ouït ces mots ; ce Merle était railleur ;

— « Vous avez raison, beau chanteur ! »

Lui dit-il ; » pour ma part je sais vous rendre hommage ;

« Rien n'égale de vos glouglous

» Le suave et brillant ramage ;

» Je vous tiens, soit dit entre nous,

» Pour le Dupré de tout bocage ;

» Et Bulbul n'est auprès de vous

» Qu'un mauvais chantre de village. »

Le sire pour deniers comptants

Prit ce langage satyrique.


Ce qu'un sot absorbe d'encens

Est vraiment chose hyperbolique.

*Alger,* 18 *Octobre* 1853.

V.

# LE VER RONGEUR.

Le cénacle d'un Lucullus
Réunissait quelques convives,
Amis préférés du Crésus,
D'appétits faisant tous chorus
Et chorus d'imaginatives
Pour honorer l'Amphitrion.
L'un d'eux, le verre plein, se levant de son siège :
— « Je bois, dit-il, je bois au maître de maison ! »

Des convives l'entier cortège,

Provoqué par ce toast, se met à l'unisson.

Tous, rouges-bords en main, se lèvent :

— » De la fortune enfant gâté, »

Dirent-ils, » nous buvons à ta félicité !

» Tels qu'ils ont commencé que tes destins s'achèvent ! »

Mais lui, prenant sur le plateau

Entre tous le fruit le plus beau,

Il étale à leurs yeux la brillante merveille.

— « Vous admirez, n'est-ce pas, sa grosseur sans pareille

» Et son éclat et sa fraîcheur ;

» Amis, veuillez l'ouvrir ! Crésus vous en convie.


La pomme en deux fut départie ;

Elle enserrait un Ver rongeur.

*Alger*, **20** *Décembre* 1853.


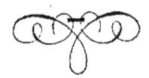

VI.

# LES DEUX ROSIERS.

Deux Enfants cultivaient des fleurs ;

Pour les faire plus tôt éclore,

L'un d'eux, impatient, prodiguait ses labeurs ;

Il fumait, il bêchait et refumait encore ;

Aux tiges donnait des tuteurs ,

Du soleil ainsi sur la plante

Concentrant l'ardeur fécondante ;

Chaque jour, à l'aube et le soir ,

Il recourrait à l'arrosoir ;

Il fit et refit tant que la plante hâtive

Produisit avant l'heure un précoce bourgeon.

Bien loin de se calmer, à l'aspect du bouton,

La fièvre de l'Enfant ne devint que plus vive ;

Pour cette âme si pétulante

Un jour semble un siècle d'attente ;

L'enfant, empressé de jouir,

Du bouton avec soin écarte la tunique',

Hélas ! et de la fleur unique,

Avant l'heure propice, aux rayons du soleil

Il démasque, imprudent, le calice vermeil.

Si son bonheur fut éphémère

De le dire il n'est nécessaire ;

Avant le soir venu l'Enfant avait pleuré.

En ses désirs plus modéré,

Sans contrainte aidant la nature,

Son jeune et prudent compagnon

Ne hâta point la floraison

Par tous ces excès de culture ;

Patiemment il attendit

Qu'au jour marqué de Dieu son arbuste fleurit.

Il fit bien ; car les fleurs s'y comptèrent par mille,

  Tandis que tristement stérile

  L'autre arbuste, hélas ! dépérit.


L'impatience, au but bien loin de tendre,

  Le plus souvent n'y parvient point ;

  Mais le bien à qui sait attendre

  Presque toujours arrive à point.

    *Hydra, 25 Novembre 1852.*

## VII.

# LE CÈDRE ET L'IVRAIE.

Voyageuse à travers l'espace
Sur l'aile d'un vent du midi,
Une graine vint prendre place
Dans un sol d'ivraie envahi.
Sous le mépris de ses compagnes
La graine tout d'abord germa ;
Puis cette fille des montagnes
Au milieu d'elles se dressa.

14

— « Que vient faire ici cette intruse ? »

Dirent-elles ; » étouffons-la ! »

Mais leur ligue en vains efforts s'use :

La plante croit noble en son port

Et du sein de l'ivraie hostile,

Qui meurt autour de lui stérile,

Un Cèdre avec majesté sort ;

Il s'élève, il grandit immense ;

Il plonge son front dans les cieux ;

Ses pieds de leur vaste puissance

Etreignent les rochers mousseux

Et vont des entrailles du monde

Chercher les sombres profondeurs ;

Vainement la tempête gronde,

Déchainant toutes ses fureurs ;

Sur sa base il demeure immuable

Et de cet assaut formidable

Sort encore plus affermi.


Hélas ! trop souvent par l'ivraie

Le cœur de l'homme est envahi,

Trop souvent l'âme est dévorée ;

Heureux si l'esprit du Seigneur,

Venant à passer, y dépose

Du Cèdre de la foi le germe bienfaiteur ;

Il suffit que le germe éclose !

Sous de vastes rameaux bientôt en notre cœur

Est étouffé tout plan funeste

Et, si plus tard l'arbre céleste

De quelque tempête est battu,

Sur sa base, immobile, il demeure invaincu.

*Ben-Aknoun,* 28 *Novembre* 1853.

## VIII.

## LES DEUX TONNEAUX.

Sortant de son tonneau pour prendre le soleil,

Un peu surpris du fait, un màtin Diogène

    Vit près du sien un tonneau tout pareil.

Un jeune homme en sortit;— « Permets-moi que je vienne,

» Maître, prendre ici place en disciple fervent, »

    Dit-il ; » à ta gloire j'aspire. »

— « Avoir un tel disciple est un honneur vraiment, »

    Reprit le philosophe avec un fin sourire ;

» Parmi ses riches fats Corinthe te comprend,

    » Si mon souvenir ne me trompe ;

» Or donc pour premier acte il faut que ton cœur rompe

    » Avec l'or et tous ses liens ;

» Sus et tôt par écrit fais-moi don de tes biens

» Pour que j'aille en doter les pauvres de Corinthe. »

— « J'y retourne à l'instant chercher du papyrus, »

    Répond le damoiseau d'un air un peu confus.

      Ce départ n'était qu'une feinte ;

      Le faux sage ne revint plus.


      On n'est pas plus un Diogène

   En choisissant un tonneau pour logis

    Qu'on n'est moine en changeant d'habits.

Habits ! tonneau ! transformation vaine,

Si tout d'abord le cœur n'est circoncis.

             *Alger,* 1<sup>er</sup> *Décembre* 1853.

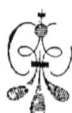

IX.

# LE RÊVE.

Un Enfant à peine éveillé

Se lamentait à chaudes larmes ;

Sa mère accourt tout en alarmes ;

Cœur de mère est vîte effrayé ;

Il faut si peu pour cœur si tendre !

— « Je pleure mon bel agneau blanc, »

Dit-il ; » ma mère ! fais-moi rendre

» Le bel agneau que j'aime tant !

» Il était là paissant l'herbette

» Aux doux accents de ma musette ;

» J'étais assis près d'un ruisseau ;

» Mais ma houlette où donc est-elle ?

» J'ai tout perdu, houlette, agneau,

» Ruissel, herbette et chalumeau ; »

Et l'Enfant pleura de plus belle.

A ce nouvel accès de pleurs

Sa mère se prit à sourire ;

D'un rêve les folles erreurs

Causaient seules tout ce martyre.


L'homme est un grand enfant tout éveillé rêvant,

Qui plus qu'aux biens réels s'attache à des mensonges

Et qui pleure le plus souvent

Moins la réalité qu'il ne pleure des songes.

*Alger,* 1er *Décembre* 1853.

X.

# LE LYS ET LES ROSES.

— « Bien plus que le ciel le hasard
  » Semble ici bas régler les choses, »
    Disait Lys superbe à des Roses ;
  » Tel il en est à votre égard ;
  » Entre les fleurs vous êtes belles
  » Et je conviens que nulle d'elles
  » N'a plus d'éclat, parfums plus doux ;

15

» Mais par étrange anomalie

» Le sort, si prodigue envers vous,

» Mêlant aux faveurs l'ironie,

» Vous fait naître au sein d'un buisson ;

» Vous devez me porter envie ;

» Ma tige élégante et polie

» Comme la vôtre, à l'égal du chardon

» De piquants n'est point avilie. »

— « Nous sommes loin de nous plaindre de Dieu,

» Car le sort ici n'a que faire ;

» Votre tige nous séduit peu

» Et nos piquants font bien mieux notre affaire, »

Répondirent les fleurs, » nous en faisons l'aveu ;

» Si nous croissons sur une ronce

» Du moins la ronce est pour nous un rempart. »

D'un air quelque peu goguenard

Le Lys accueillit la réponse ;

Il riait encor qu'un griffon

Aux Roses vint donner raison.

Du Lys, en se jouant à travers le parterre,

Il brisa la tige légère.

Si le Rosier par contre en fut mieux respecté

    Ce fut pour bonne cause.


La beauté, douce fleur que son doux charme expose

    A plus d'un désir éhonté,

    A son rempart comme la Rose.

    Modestie et timidité

    Voilà le buisson qu'elle oppose

      A la témérité.

     *Jardin-d'Essai*, 3 Décembre 1853.

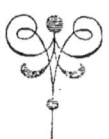

# LIVRE QUATRIÈME.

I

# L'ANE JOUEUR DE FLUTE.

Par hasard
Au sein de prairie émaillée
Un Ane vit flûte oubliée ;
    L'oreillard,
Flairant et reflairant encore,
La remplit d'un souffle sonore
    Par hasard.

— » Merveille ! l'instrument résonne ! »

Dit l'Onagre qui s'en étonne ;

» Quels accords divins et quel art !

» J'ignorais que je fusse un Orphée !

» Me voilà passé coryphée. »


Par hasard

Un sot rencontre heureux brocard ;

Il se tient dès lors pour un aigle,

Posant comme la règle

Un hasard.

*Alger,* 5 *Décembre* 1853.

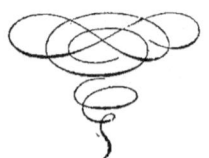

II.

# LE CHAT ET LES DEUX AMIS.

Deux amis pour un chat eurent maille à partir

    Et tant rude fut la bataille

Que leur vieille amitié faillit même périr

    Sous les coups d'estoc et de taille.

    Quoi ! pour un Chat ? Oui ! pour un Chat vraiment ?

    Passionnés ou pour ou contre,

L'un en fait presque un Dieu; l'autre en trois points démontre

Qu'un Chat n'est bel et bien qu'un démon malfaisant.

16

— « Je ne sais pas d'animal plus charmant, »

Disait l'un ; » sa grâce est divine ;

» Rien n'est plus doux que son hermine ;

» Il est mignon, délicat, caressant

» Et honni soit qui le dénigre ! »

— « Il est de la race du tigre, »

Reprenait l'autre avec aigreur ;

» Il est traître autant que voleur ;

» Méchanceté, paresse et gourmandise

» Sont encor ses moindres défauts ;

» Je tiens pour maudit qui le prise ! »

Nos deux amis sur ces propos

Se tournèrent le dos.

L'un, en rentrant dans ses pénates,

Trouve, hélas ! sa perruche expirant sous les pattes

De son chat ;

L'autre, savant bibliomane,

D'un antique Elzévir trouve, hélas ! la basane

A demi rongé par un rat.


Un esprit prévenu fait un fort mauvais juge ;

Il prise tout ou trop bas ou trop haut.

C'est au superlatif que toujours il adjuge

Soit vertu, soit défaut.

Yeux de lynx, yeux de taupe

Sont à la fois les yeux de la prévention.

Elle fait à l'occasion

Un hyssope d'un cèdre, un cèdre d'un hyssope.

*Alger, 7 Décembre* 1853.

# III.

# L'ENFANT ET LE NÉGRILLON.

Volontaire et gâté, jeune Enfant par hasard,

    D'un Négrillon fait la rencontre ;

A peine le voit-t-il que sans autre retard

De l'avoir comme groom ardent l'Enfant se montre ;

    Comme son groom je fais erreur ,

    Comme jouet mieux il vaut dire

  Et mieux encor comme souffre-douleur.

Fils gâté d'ordinaire obtient ce qu'il désire ;

On lui donna le moricaud.

Les premiers jours il prit plaisir extrême

A cette face de magot ;

Mais l'engoûment cessa bientôt.

Cœur d'enfant est mobile et, promptement s'il aime,

Il se dégoûte promptement.

Son jouet était noir, il voulut l'avoir blanc ;

Pour opérer cette métamorphose,

De flots de savon il l'arrose.

L'enfant, bien vous pensez, perdit peine et vouloir

A rendre blanc son jouet noir.


Tel que le Nègre a le visage

Que de gens, hélas! ont le cœur !

Et comme pour le Nègre il n'est de lessivage

Qui puisse en changer la couleur.


*Alger*, 11 *Décembre* 1853.

# LE CHEVAL, LE MOUCHERON ET LE CAVALIER.

Je ne sais trop pour quel projet,

Soit rendez-vous d'affaire ou rendez-vous de belle,

Un beau Cavalier s'apprêtait

A mettre ses grègues en selle ;

Il chaussait déjà l'étrier

Et le Coursier, qui hennit et trépigne,

Pour emporter le Cavalier,

Ne semblait attendre qu'un signe,

Lorsqu'au noble animal s'attaque un Moucheron.

Enorgueilli d'avoir naguère

Triomphé même d'un lion,

L'insecte, en déclarant la guerre,

Se flattait du Coursier d'avoir même raison.

Son attente fut couronnée,

Tant il est vrai que même avec faible ennemi

Il faut souvent compter diable et demi.

A peine la charge est sonnée,

Le Cheval irrité se cabre et rompt son frein ;

De fureur ses crins se hérissent;

Il s'ébroue, il écume, il bondit, mais en vain !

En vain tous ses membres frémissent ;

Le Moucheron se rit de tant d'efforts

Qu'accompagne tant d'impuissance

Et, l'attaquant à toute outrance,

En irrite encor les transports.

Réduit à fuir pour se soustraire

A l'insaisissable adversaire,

Soufflant le sang par les naseaux,

D'une course désordonnée.

Le Palefroi s'élance et par monts et par vaux.

Adieu tous rendez-vous ! dans sa fuite effrénée,

Quelqu'il soit, avec lui tout rêve est emporté !

    Le Cavalier déconcerté

De loin, à pleins poumons, jette au fuyard l'injure ;

      Il peste, il jure,

Et, gonflé de courroux, ne peut pour tout déduit

    Qu'en maudire l'essor rapide.


Pour rompre nos projets un Moucheron suffit

Et l'on ne monte pas tout Cheval que l'on bride.

      *Hydra, 14 Décembre* 1853.

V.

# LE NOYAU.

Comme la cigale vivant,

Que de gens au hasard livrent leur existence

Et, sans souci du jour suivant,

Narguent dans le prochain tout fait de prévoyance.


Avec délice un jeûne gars,

Croquant pour son goûter maintes belles cerises,

Dépouillés de leur chairs exquises

En jetait les noyaux épars.

Un Vieillard passe,

Voit les noyaux et les ramasse

Aux yeux de l'Enfant qui se rit,

Puis en son champ les enfouit

Et l'un de l'autre avec soin les espace.

Le même Enfant deux ans plus tard

Taillant des arbrisseaux voit le même Vieillard ;

— « Pourquoi tant de labeur, bonhomme ? »

Dit notre gars en ricanant.

— « Tu l'apprendras du temps. » Tels sont en somme

Les mots quelque peu brefs repartis à l'Enfant.

Le Vieillard sait qu'à cervelle éventée

Toute leçon donnée est leçon avortée.

Un lustre à peine est révolu,

L'Enfant, jouvencel devenu,

Au même lieu de nouveau se rencontre

Avec le bon Vieillard qui de la main lui montre

Des arbres de fruits tout chargés.

— « Jeune homme ! vos noyaux en arbres sont changés, »

Dit-il ; » et le temps vous démontre

» A quoi peuvent servir prévoyance et labeur ;

    » Le temps est un grand professeur. »


Que de projets répandus par la vie

Qui sont noyaux de cérisier !

Autrui va les cueillant semés par le sentier

Et, rejetés par nous, pour soi les fructifie.

*L'Orangerie, 14 Septembre 1853.*

IV

# LA SOURCE.

Sous la coupole d'un vieil arbre
Une Source au cristal d'azur
Dans un vaste bassin de marbre
Versait son flot limpide et pur.

Ces mots : RESSEMBLE A CETTE SOURCE !
Au fronton se trouvaient sculptés

Et près d'elle, las de leur course,

Trois passants étaient arrêtés.


Pour éteindre leur soif brûlante

Puisant l'onde claire en leur main,

De rencontre aussi bienfaisante

Tous trois bénissaient le destin.


Mais leur soif une fois éteinte,

La sentence frappe leurs yeux

Et le sens dont elle est empreinte

Tour à tour est sondé par eux.


— « Cette Source en son cours devient toujours plus ample. »

Dit l'un ; » Elle reçoit vingt ruisseaux ; n'est-ce pas

» Nous dire à tous : Passant! prends sur mon onde exemple

» Sois actif, va toujours et tu prospéreras! »


— « Plus haute est la leçon qu'enferme la sentence, »

Dit un vieillard; » cette eau, qui s'offre à tout passant

» Sans exiger prix ni reconnaissance,

» Nous enseigne l'aumône et surtout nous apprend

» Que, lorsque la main s'ouvre, il n'est de récompense

» A chercher qu'en soi seulement. »


— « A moi de trouver le problème ! »

Dit un enfant aux blonds cheveux ;

» Cette onde reflète les cieux ;

» D'un cœur pur elle est l'emblème, »


Tu veux savoir, mon fils, quel est de ces trois sens

Le plus exact ; crois moi, retiens-les tous et prends

La Source en tout pour ton modèle ;

Sois actif, fais le bien, demeure pur comme elle.

*Jardin d'Essai,* 15 *Décembre* 1853.

18

## VII.

# LE BALLON.

Devant un nombreux populaire

Un Ballon bien gonflé, superbe, s'élevait ;

Avec transport la foule applaudissait,

De tel spectacle encor peu coutumière.

Soit jalousie ou bien hasard,

Ce Ballon avait, au départ,

Ne sais comment, reçu quelque piqûre.

A peine montait-il que par cette fissure

Le gaz qui le gonflait tout entier s'échappa.

Raillé de tous le Ballon retomba

Et le peuple aussitôt, passant à l'autre extrême,

En plus de cent morceaux le mit au même instant.


Que de gens sont ainsi pleins de vent seulement

Qui montent pour tomber de même !

*Alger*, 18 *Décembre* 1853.

VIII.

# LE PAPILLON ET L'ENFANT.

Un jeune Espiègle

A mine hardie, à l'œil noir,

Pour toute règle

Ne connaissant que son vouloir,

De tige en tige

Va poursuivant avec ardeur

Brillant Papillon qui voltige

De fleur en fleur.

Sur le point de le faire esclave

Vingt fois notre Espiègle se croit;

Mais vingt fois l'insecte le brave

Et d'un coup d'aile le déçoit.

Plus vive en devient la poursuite ;

L'œil au guet, le corps en avant,

Sur la pointe du pied marchant,

    De gîte en gîte

Après lui s'acharne l'Enfant.

Sur lys, sur fuschia, sur rose

    En son mobile essor

Tour à tour l'insecte se pose

Et, toujours plus rapide encor,

S'envole, prompt à se défendre

Des doigts entr'ouverts pour le prendre.

    Courant toujours

D'amours en nouvelles amours,

A large et blanche hémérocalle,

Dont le beau calice s'étale

Par de là les bords d'un ruisseau,

Il va porter baiser nouveau

Et met pour barrière eau profonde

Entre le jeune Espiègle et lui.

Mais le Paon vainement a fui ;

L'Espiègle s'obstine et dans l'onde

Vers la fleur se fraye un chemin ;

Il approche ; il étend la main

Et, grâce à sa constance,

Le bel insecte est enfin pris.

Le père observait à distance ;

— « Bien, » dit-il, » ta persévérance

» Vient d'obtenir son juste prix.


» Pour qu'un projet arrive à terme

» Mon fils, rappelle-toi, plus grand,

» Qu'en toute chose un vouloir ferme

» Est du succès le plus sûr élément.

*Alger*, 21 *Décembre* 1853.

IX

# LES ÉCHASSES.

Mirmidon sur des échasses

Cheminait se pavanant

Et, fier comme un doyen précédé de deux masses,

Il se croyait un géant.

Une pierre se rencontre ;

Le Mirmidon heurte contre ;

19

Trébuche, tombe et se casse le né,

   Hué de tous et berné.


  Fol orgueil, vaine parade

  Sont les échasses du sot ;

  Il n'y juche et s'y panade

  Que pour tomber de plus haut.


*Alger,* 22 *Décembre* 1853.

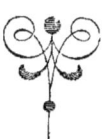

# LE PERROQUET.

Un Vert-Vert parlait à ravir,

Si c'est au mieux parler que d'étourdir ;

L'oiseau sortait de bonne école ;

Des nonnains l'avaient façonné ;

Ne suis-je aussi point étonné

Qu'il fit abus de la parole?

Il parlait donc ! même il chantait

Et tant bien que mal imitait,

Tous habitants du voisinage,

Merle, mésange et bouvreuil.

De son babil, de son ramage

Il étourdissait tous venant,

Semblant leur dire : admirez mon talent !


Dans ce Vert-Vert sont en images

Maints et maints barbouilleurs de pages

Que nous verrions un peu moins imiter

S'ils savaient par eux même un peu plus inventer.

*Alger,* 28 *Décembre* 1853.

# LIVRE CINQUIÈME.

I.

# LE DIAMANT.

Un Diamant tout brut encore
Par le chemin gisait là sans honneur.
   La foule passe, mais ignore
   Qu'il peut avoir quelque valeur
   Et le délaisse ; un lapidaire
   Passe à son tour ; il voit la pierre
Et d'un coup-d'œil en juge tout le prix.
   Heureux d'aussi riche trouvaille,

Tout d'une haleine il rejoint le logis

Où preste et tôt il façonne, il travaille

Le merveilleux caillou

Qui devient bientôt sous la taille

Un éclatant bijou.


Que d'hommes de valeur d'une couche grossière

Sont recouverts comme ce Diamant ;

Il faut, tout comme lui, pour les mettre en lumière,

Que l'œil perçant d'un lapidaire

Par le chemin aille les découvrant.

A reconnaître ainsi tel homme

Dont la valeur en la foule se perd

Je sais un prince fort expert ;

Il n'est besoin que je le nomme.

*Alger,* 28 *Décembre,* 1853.

II.

# L'OURS ET LE VENTRILOQUE.

Un jour de foire, en un village,

D'un Ours accompagné parut un bateleur ;

La présence du personnage

Excita joyeuse clameur ;

Je veux parler de l'Ours et non du conducteur,

Bien qu'il eût pour sa part un fort plaisant visage.

De voir danser l'Ours désireux,

Chacun tout aussitôt se presse en rang multiple ;

20

Le hasard avait sur les lieux

De Bosco conduit un disciple.

Il entre dans le cercle et s'adressant à l'Ours :

— « En bon français peux-tu nous faire ami, connaître

Sous quels cieux le sort t'a fait naître,

Et combien tu compte de jours ? »

— « N'en déplaise à l'Académie, »

Dit l'animal velu d'une voix assourdie,

» Tout comme un des quarante en français je discours

» Et dans l'auguste compagnie

» J'aspire même au numéro vacant,

» Soit entre nous dit en passant ;

» Ne sois donc étonné qu'en français je m'énonce

» Un peu moins mal qu'un Bas-normand;

» Ores donc, voici ma réponse :

» Aux monts alpestres je suis né

» Et je compte à cette heure un lustre bien sonné. »

De surprise autant que de crainte

Chacun reste ébaubi de voir un Ours parler

Mieux encor que baller.

Et d'un pas en arrière il agrandit l'enceinte.

Le cornac n'était pas le moins abasourdi ;

Bouche ouverte, œil hagard, frémolant, tout blémi,

    A peindre était le pauvre hère.

— » Tu parles en puriste et je dois avant tout

    » T'en faire un compliment sincère, »

Repartit l'étranger ; » mais le cercle, confrère,

    » A l'entretien semble avoir goût ; »

» Reprenons-en le cours si tu veux bien permettre.

» Un mot avant tout autre ; es-tu content du maître ?

— » Vrai maroufle, il a mis ma patience à bout,

» Je compte un de ces jours faire un repas du traître ;

» S'il eût été plus gras j'eusse été moins tardif ;

    » Mais plus j'attends, plus il se fait chétif ;

       » Il est temps sans autre formule

       » Que je me venge du croquant. »

Ces mots furent suivis d'un affreux grognement ;

    La foule de vingt pas recule ;

Quant au cornac, flageolant sur ses piés,

Du monstre il croit déjà sentir la mandibule

    Lui dénudant les os broyés.

Notre interlocuteur de son côté simule

Terreur panique et se sauve courant ;

Foule et cornac d'en faire autant ;

Tout fuit : l'Ours cependant s'assied sur son derrière,

Impassible à tout cet émoi.

Dieu sait du tour joué quel fut le commentaire!

Le Ventriloque en vain pour calmer leur effroi

Voulut aux bonnes gens expliquer le mystère ;

Aucun dans son erreur ne put être ébranlé ;

Même un nouvel essai fut épreuve illusoire ;

Nul ne consentit à le croire ;

L'âne de Balaam n'avait-il pas parlé?


Répandez dans le peuple une opinion fausse

Ou quelque principe empesté,

En vain plus tard d'une voix de molosse

Vous hurlerez la vérité ;

Le mal est fait : le peuple, à vos efforts rebelle,

Reste, en dépit de vous, à ses erreurs fidèle.

*Birmandreïs,* 3 *Janvier* 1854.

III.

# L'ŒIL DU MAITRE.

Les yeux du maître engraissent le cheval ;

    Rien n'est plus vrai que ce proverbe.

Par coup du sort fait riche et gonflé de superbe,

    De tout seigneur voulant marcher l'égal,

Un maltotier achète équipage royal.

La croupe des coursiers, leurs flancs, leur encolure

    Sont tous miroités d'embonpoint

    Et nuls n'ont plus brillante allure.

Par contre, le cocher a fort maigre figure ;

Mais ce fut avant peu l'inverse de tout point.

L'Automédon prend une ample carrure

Et les chevaux s'amaigrissent d'autant,

Perdant tout à la fois et vigueur et parure.

A l'aspect de ce changement :

— « Voilà des animaux de fâcheuse nature ! »

Dit le maltotier tout surpris ;

» D'attelage pareil je ne saurais que faire ;

» Le plus sage est de m'en défaire.

» Vendons-les ! n'importe à quel prix. »

Il fut dit, il fut fait ; bon juge de l'emplette,

Un vrai connaisseur les achète ;

Le cours d'un mois à peine est complété,

Les coursiers ont repris leur brillant miroitage

Et leur allure et leur fierté.

Le vendeur les rencontre un jour sur son passage :

Il s'étonne de leur vigueur ;

— « Expliquez-moi cette métamorphose, »

Dit-il au nouveau possesseur.

— » En vérité bien simple en est la cause ;

» Voici, beau sire, en peu de mots

» Ma réponse à votre demande :

» J'ai soin que mon cocher aux dépens des chevaux

» N'engraisse en mangeant leur provende. »


Ne mettons qu'à moitié fiance dans autrui !

En toute affaire,

L'œil du Maître est œil nécessaire.

Le Bonhomme l'a dit ; je le dis après lui.


*Alger, le 7 janvier, 1854.*

IV

# LES FLEURS JUMELLES.

Bien qu'écloses au même instant

Bien que filles du même plant,

 Inégales entre elles,

 Au soufle du zéphyr

 Deux Roses, sœurs jumelles ,

 Venaient de s'épanouir.

Fière d'un calice où s'enroule

En cercles pressés une foule

De pétales de pourpre à l'arôme embaumé,

L'une parmi les fleurs se pose en souveraine ;

L'autre de feuilles compte à peine

En sa corolle étroite un cercle clair-semé,

Ne répandant senteur aucune,

D'aucun coloris ne brillant.

— « Nous avons naissance commune, »

Dit celle-ci ; » Mais cependant combien,

» Ma sœur, diverse est ma fortune !

» Que mon sort peu ressemble au tien !

» Entre nous deux tout est contraste ;

» A toi le sceptre de beauté,

» La pompe, la gloire et le faste !

» Pour ta sœur la rusticité !

» Tu répands des flots d'ambroisie,

» Tes feuilles brillent d'incarnat ;

» Moi, pâle, chétive, avilie,

» Je suis sans parfum, sans éclat. »

— » En effet entre nous commune est l'origine, »

Reprit la sœur jumelle, » Et comme toi, ma sœur,

» Je ne serais éclose qu'églantine

» Si l'habile main d'un greffeur

» N'avait transformé ma nature.

» Je lui dois toute ma splendeur,

» Mousse élégante pour parure,

» Riche corolle, incarnat et senteur ;

» Ma gloire est son entier ouvrage. »


Il est bien des esprits à ces fleurs ressemblant,

N'étant jumeaux que de lignage.

L'origine de l'un jamais ne se dément ;

Pour l'autre la science est l'utile greffage

Qui d'une nature sauvage

Transforme le grossier instinct

Et fait d'un pâtre un Sixte-Quint.


*Jardin d'Essai, 20 Janvier.*

## V.

## LES DEUX SŒURS.

Deux sœurs par nuit assombric
Gravissaient de compagnie
Un sentier infréquenté.
Grâce au falot dont sa main prévoyante
Projette au loin la clarté,
L'une des deux, Antigone constante,

Au sein de l'obscurité

De l'autre sœur avec sécurité

    Guidait la marche imprudente.

    D'esprit fort aventureux,

À tout propos prête à changer de lieu,

Cette autre sœur, ardente aux découvertes,

    A sentier déjà battu

    Préférait route déserte

    Par amour pour l'inconnu.

    Sa belle et douce compagne

    Gourmandait ce trop d'ardeur,

Mais vainement; des flancs de la montagne

La curieuse, au loin dans la campagne,

    Aperçoit vive lueur ;

— « Vois tout là-bas cette brillante flamme, »

Dit-elle; » vite! ah! courons-y, ma sœur! »

  — » Oh! garde t'en, sur ton âme !

    » Ce n'est qu'un feu trompeur....!

  — » C'est feu dont l'éclat, ma chère,

    » Plus que ton falot éclaire ;

    » Nargue à ta timidité !

» J'aime à saisir toute fortune offerte

» A ma curiosité. »

Elle dit; s'élance, alerte,

Où l'attire la clarté ;

Mais y trouve, hélas! sa perte ;

Un abîme l'engloutit.

Ce feu n'était que trop un feu maudit.


Ces deux sœurs, l'une Antigone prudente,

L'autre à tout connaître ardente,

Sont la science et la religion

Puisant sa force en pareille union.

Qu'elle abandonne la voie,

Où sa compagne est guide si parfait...!

La science se fourvoie,

Et trouve au bout du trajet

Sombre abîme et feu follet.


*Bouzaréah, 29 janvier 1854.*

VI.

# LE SINGE ET LE CHAT.

Un Singe, un Chat, autant vaut dire

Félonie et méchanceté,

Conclurent entre eux un traité ,

Je ne sais quel an de l'hégire.

Un vieux renard, vrai Talléyrand,

Un peu boiteux pour plus de ressemblance,

Avait protocolé ce traité d'alliance.

Rien n'y manquait, si n'est la bonne foi pourtant ;

Mais c'est assez en pareille occurence

22

L'usance.

Bien vous pensez, ils ne faisaient état

De partager royaumes ou provinces,

Ce sont là concordats de princes

Et non pactes de singe et chat.

L'objet de convoitise était un pâté d'oie,

Bien entendu pâté de foie

Dont l'ampleur, le coup d'œil, le fumet savoureux

Chatouillait l'odorat, affriandait les yeux.

Le conquerre était chose ardue

Tant la garde était assidue.

Aussi se liguaient-ils pour en venir à bout,

Sous réserve in petto, survenant la victoire,

De se faire chacun de conquête et de gloire

Ample part, à défaut de s'adjuger le tout.

Sous le profit de leur fourbe secrette

Malgré verroux, œil du maître et treillis,

L'énorme pâté fut conquis ;

Mais comment la prise en fut faite,

Je n'en sais rien ; l'histoire est sur ce chef muette ;

Mnémosyne parfois a de pareils oublis ;

Je me tais donc, narrateur trop fidèle

Pour prendre sur Vertot modèle

Et faire mon siège à plaisir.

Je passe outre et j'en viens au dénoûment du drame.

Le pâté pris il fallut le partir.

Ce fut alors tout autre gamme ;

Chacun voulut en avoir double lot.

Nos alliés se querellèrent

Et tôt

Griffes et dents à l'unisson jouèrent.

Au vacarme accourut le maître du logis :

Les deux larrons sous le fouet détalèrent

Et le pâté fut reconquis.


Traités entre méchants sont rarement durables,

Et c'est heureux ;

Car les méchants seraient trop redoutables

S'ils demeuraient unis entre eux.


*Alger*, 4 *mars* 1854.

## VII.

## LA COURSE AUX ANES.

Le but atteint, l'instrument de victoire

Est mis en oubli trop souvent.

A soi seul le triomphe! à soi profit et gloire!

Mais l'instrument, l'humble instrument

N'a que triste abandon pour tout lotissement.

C'était fête dans un village ;

Combats de coqs et sauts du sac,

Mâts de cocagne et joûte sur le lac,

Courses d'ânes, turfs sur la plage

Formaient le programme joyeux

Des jeux,

Rendu plus attrayant encore

Par les guerdons réservés aux vainqueurs.

Le prix du sport surtout faisait éclore

La convoitise en bien des cœurs.

Aussi vingt jeunes gens surgissent dans l'arène,

Chevauchant coursiers de Silène

A cru, sans selle et sans freins ;

Sur un même front mis en place,

Au signal donné, nos roussins,

Tous rivaux de force et d'audace,

S'élancent, volent, fendent l'air

Et, rapides comme l'éclair,

Sous leurs bonds absorbant l'espace,

L'un l'autre à l'envi se dépasse.

De la voix, du geste animé,

Un d'eux enfin, par un effort immense

D'une tête gardant l'avance ,

Est du sport vainqueur proclamé.

Le maître aussitôt s'en élance

Et vrai coq d'Inde rengorgé,

Aux clameurs de la foule, aux bruits de la fanfare

Du prix au vainqueur adjugé,

Tout fier, tout joyeux il s'empare.

Quant au roussin il fut à ses chardons

Renvoyé sans plus de façons.


Que de gens parviennent au faîte

Sur des roussins de même convoyés!

Pauvres roussins qui sont, hélas! pour toute fête

Comme l'âne du sport aux chardons renvoyés.


*Hussein-Dey, 11 Mars 1854.*

VIII

# LA NOIX MERVEILLEUSE.

J'ai lu naguère en un conteur de l'Inde

Un fabliau qu'en langage du Pinde

   Je vais translater de mon mieux :

   Ce Brame en sanscrit nous raconte

  Qu'en un lieu baigné de l'Oronte,

Croissait un arbre merveilleux.

  Un seul fruit, noix énormissime

  Pendait à la plus haute cime

23

Où veillait un affreux dragon.

Ce fruit renfermait, disait-on,

En sa coque volumineuse,

Au lieu de pulpe savoureuse,

Un trésor

Cent fois plus précieux que l'or.

Sans cesse au pié de l'arbre une tourbe nouvelle

S'agglomérait ; mais, rude sentinelle,

Le Dragon de son seul aspect

La tenait tremblante en respect.

Bel et vaillant, un jeune prince,

Par l'attrait du danger séduit,

Bien plus que par l'appât du fruit

Accourut à son tour de lointaine province.

En vain le Dragon sur le preux

Darde mille langues de feux.

Le paladin s'élance au faîte

Et le fruit devient sa conquête.

La noix mystérieuse à peine est en sa main,

Le preux l'entrouve et soudain

Des riches trésors de Golconde

S'épanche une mine féconde.

Le sol bientôt n'offre plus qu'un tapis

De diamants, de saphyrs, de rubis

Que tout aussitôt chacun pille.

Que resta-t-il au preux ? l'honneur..... et la coquille.

Certains diront : ce n'est beaucoup ,

Mais pour notre preux c'était tout.


Cet arbre n'est-il pas l'arbre de la science ?

Si quelque esprit au faite et s'élance et parvient,

C'est pour cueillir le fruit de sapience

Et répandre aussitôt avec insouciance

Les trésors que le fruit contient.

La foule est aux aguets à piller toute prête,

S'adjugeant tous profits sans nul autre labeur.

Comme reliefs de conquête

Il reste au conquérant la coquille..... et l'honneur.

*Alger*, 13 *Mars* 1854.

IX.

# LE CERF-VOLANT.

Sur l'aile du zéphyr porté,

Un Cerf-Volant planait tout proche d'un nuage.

— « Me voici ton égal ; je marche à ton côté, »

A son voisin dit-il, tout gonflé de fierté.

Le nuage en riant accueillit ce langage ;

— « Vous voilà parvenu bien haut, » répondit-il,

» Avec moi, j'en conviens ; mais vous avez beau faire,

» Hélas ! vous ne pouvez mon cher, rompre le fil,

» Qui, soit dit entre nous, vous rattache à la terre. »


On voit d'un soufle heureux la fortune souvent

Elever haut un homme abject et sans talent;

On aperçoit toujours, si haut qu'il s'achemine,

Le fil qui le rattache à sa basse origine.


*Alger*, 15 *Mars* 1854.

X

# DOGUE ET LORD.

Sombre, inquiet, hargneux et rogue,

En somme méchant compagnon,

Chez un Lord vivait certain Dogue

Aboyant sans motifs et mordant sans raison.

Serviteurs, étrangers, amis de la maison,

Nuls devant lui ne trouvaient grâce,

Et leurs chausses portaient la trace

De ses dents,

Leurs chausses et parfois la chair en même temps ;

Même aux enfants ils donnaient chasse

Et jusqu'aux chiens, compagnons du manoir,

Avaient une ample part dans les coups de boutoir.

Au reste, Dogue et Lord faisaient la paire ;

C'était même humeur noire et même caractère,

Rongés de spleen à l'unisson

Et prenant l'un sur l'autre exemple.

Jamais plus vrai ne fut l'ancien dicton

Que qui se ressemble s'assemble.

Même en rêvant l'un au chenil jappait

Et l'autre en son lit maugréait ;

Tant leur nature était atrabilaire.

Tout en jappant, mordant, le Dogue devint vieux.

Méchanceté n'empêche jours nombreux ;

Mais enfin la Sœur filandière

De filer pour lui se lassa.

Il mourut ; à la ronde un long alleluia

Fut entonné pour oraison dernière.


De cet apologue il ressort

Une moralité que pose La Bruyère :

Tel homme met sa vie entière

A faire, hélas! consoler de sa mort.

*Alger*, 17 *Mars*, 1854.

# LIVRE SIXIÈME.

I.

# BLACK ET RATON.

Bien que divers de caractères,
En vrais amis, je dirais presque en frères,
Sous même toit vivaient Black et Raton.
Leur tendresse était sans égale ;
On eut dit Nisus, Euriale ;
C'était un échange, un concours

De doux émoi, de douce joie ;

Les Parques d'une même soie,

Semblaient se plaire à dévider leurs jours.

Pourtant un grain de jalousie

Finit par germer dans leurs cœurs ;

C'en fut assez pour briser leur bonheur.

Un baiser par bouche jolie

De préférence à Raton octroyé

Fut pour Black grief d'amitié,

Et plutard, douce friandise

De même à Black par privilège acquise,

Fut pour Raton levain d'inimitié.

De leurs jeux troublant l'innocence,

Dès lors de crocs aigus Black trahit le secours

Et trop souvent sous pattes de velours

De ses griffes Raton accuse la présence.

Leur cœur de fiel épais s'emplit incessamment ;

De jour en jour le conflit s'envenime ;

La guerre n'est bientôt plus faite à la sourdine,

Mais sans nul masque, ouvertement,

La dent mord ; la griffe déchire.

Si dans le monde, hélas! on ne fait pire,

Que de gens voyons-nous sur ce modèle agir!

On débute par se chérir,

Et l'on finit par se détruire.

*Alger,* 20 *Mars* 1854.

## II.

## LE BOUC, LE RENARD ET LE TIGRE.

— « Où vas-tu preste et tout courant ? »

Disait à maître Bouc un Renard survenant.

—« Moi! je me sauve. »—«Où donc? »—« au pays des Pagodes. »

— « Quoi! de ce pas ? » — « Oui! de ce pas vraiment! »

— « Mais c'est aller aux Antipodes! »

— « J'irai plus loin encore.... au pôle et par de là! »

25

— « Du moins, sera-ce un vrai nec plus ultra ? »

    — « Je voudrais à la lune même

       » Sans nulle halte parvenir,

      » Si je pouvais comme Astolphe y gravir. »

    — « Mais pourquoi cette fuite extrême

       » Et d'où vient cet excès d'effroi ? »

    — « Je laisse, ami, derrière moi

» Un Tigre affreux que rien ne rassasie ;

    » Sa dent n'est jamais assouvie ;

    » Gorgé de biens il s'en regorge encor ;

      » Tout, quel que soit le sexe ou l'âge,

    » Est sans merci broyé sur son passage.

» Adieu! sans plus tarder je reprends mon essor

» Et, si tu m'en croyais, à l'autre bout du monde

    » Tu t'enfuirais ainsi que nous ;

    » Sus! partons sans autre faconde ! »

C'était pour le Renard autant de propos fous ;

Il n'en tint compte et mal à mons Renard en prit ;

    Le Tigre survint et l'occit.


Plus d'un ambitieux à ce Tigre est semblable ;

Malheur à qui se fait obstacle un seul instant !

Quoique gorgé de biens toujours insassiable,

Sans merci, sans cœur, froidement

Il le foule aux pieds et l'immole.

L'ambitieux est à fuir jusqu'au pôle :

La Bruyère l'a dit et l'a dit sagement.


*Kouba, 23 mars* 1854.

# III.

# MÉDOR.

A travers la foule qu'assemble

Le verbe d'un prédicateur,

Comme tous ses pareils effronté, dans un temple

Médor pénètre et s'en va droit au chœur

Sur les moëlleux tapis s'étendre.

Le suisse accourt et tôt l'en fait descendre;

Ainsi chassé, que fait notre impudent?

Sous la courtine épiscopale

Le fauteuil de l'évèque était pour lors vacant;

Médor y grimpe et carrément s'étale

Au trône même du prélat

En vrai primat.

Taillé sur ce modèle, on peut voir à la ronde

Plus d'un sot.

D'un siège préparé pour quelque grand du monde

Qu'on l'éloigne! Il s'en va tout bonnement plus haut

Prendre place

Et carrément notre sot s'y prélasse

Sans qu'il en soit le moindrement quinaud.

*Alger*, 26 *mars* 1854.

IV.

# L'ENFANT ET LES VITRAUX.

— « Père ! vois donc ! » disait Pédrille, jeune enfant

Qui regardait l'espace à travers un vitrage

Des sept couleurs nuancé par fragment,

« Vois donc l'étrange aspect qu'offre le paysage !

» Tout est d'azur, les cieux, les fleurs et le feuillage ;

» Voici que tout est vert ! et maintenant ponceau !

» Tour à tour pourpre, azur, émeraude, jonquille,

» Suivant la couleur du carreau ! »

— » Ecoute ; » répondit le vieillard à Pédrille , »

» Moralité bien vraie à prendre en ces vitraux ;

» Que ton cœur la retienne et surtout qu'il l'applique !


» Nos divers sentiments ont leurs effets d'optique ;

» Ce sont tout autant de cristaux

» Qui changent la couleur des choses.

» Sommes-nous en santé, souffrants, gais ou moroses,

» Tour à tour nous voyons noir ou blanc même objet ;

» Si l'on doit au bonheur douces métamorphoses,

» A travers un esprit inquiet

» Il n'est rien qui ne prenne une couleur étrange,

» Changeons ! tout aussitôt autour de nous tout change ! »


*Hydra, 1ᵉʳ avril 1854.*

## V.

## LE BOUC COURTISAN.

A la cour d'un Lion un Bouc fort en faveur,

Riche autant que puissant, en tous points grand seigneur,

    A tous venant prodiguait les promesses,

Leur offrant son crédit, son logis, ses richesses

    Et tout à tous en un mot se donnant.

      Chacun le quittait, cœur content

Et bâtissant châteaux sur amitié si haute.

Un des nombreux clients de la sorte accueillis

Frappé fut de revers subits ;

Il accourt chez le Bouc et dépeint à son hôte

Sa disgrâce en termes navrants ;

— « Je viens à vous, dit-il, sûr de trouver ouverte

» La bourse qu'aux jours moins méchants

» De si bon cœur vous m'avez lors offerte. »

— « Merci d'avoir compté sur mon parfait vouloir, »

Répond messire Bouc en donnant l'accolade ;

» Vous me voyez, mon cher, au désespoir

» Et je m'en sens vraiment malade,

» Mais un autre avant vous a mis ma bourse à sec. »

C'étaient là vrais propos de Grec

Que l'on prit à bon droit pour pure pasquinade.

Promettre, hélas ! tenir ont toujours été deux.


Ce Bouc a dans le monde imitateurs nombreux ;

On convie, on invite, on offre à tour de rôle

Sa table, son crédit, ses services, son bien ;

Le tout n'est pas d'offrir, offrir ne coûte rien ;

Le tout est de tenir parole.

*Alger*. 3 *avril* 1854.

VI.

# LE ROSIER.

— « Joyeuse hier, triste aujourd'hui,

　» D'où vient, chère enfant, ton ennui ? »

— « J'étais hier joyeuse et vive,

　» Oh ! bien joyeuse ! arbuste favori

　　» Qu'avec tant d'amour je cultive,

　　» Mon beau rosier avait fleuri ;

　　» Mais la fleur à peine est éclose

　　» Et déjà la voici mourant. »

— « Ma fille, elle a vécu ce que vit une rose,

    » L'espace d'un moment.

    » De la beauté cette fleur est l'image ;

    » La beauté ne dure qu'un jour ;

    » Souvent même un souffle d'orage,

    » Pour l'abattre, hélas ! au passage,

    » Du soir n'attend pas le retour ;

    » Mais si la beauté, fleur fragile,

    » Aux frêles roses s'assimile,

    » Plus digne d'hommage et d'amour,

    » Je sais, ma fille, fleur suave,

    » Voilant d'ombre son doux éclat,

  » Sur qui le temps n'eut jamais droit d'épave ,

    » Que jamais l'orage n'abat ;

    » Cette fleur, toujours fraîche et belle,

  » Sous le nom de vertu dans notre cœur fleurit. »


    Fleur de beauté brille et périt ;

    Fleur de vertu naît immortelle.

                  *Frais-Vallon, 7 avril* 1854.

## VII.

# L'EPAGNEUL ET LE KING'S CHARLE.

Un Epagneul de haute taille
Que jamais danger ni bataille
N'avaient fait d'un pas reculer,
Après un lustre de victoire,
Deshérité de toute gloire,
Se vit au chenil exiler.
Superbe chien d'Espagne,
Du maître il avait bien des jours

Absorbé toutes les amours.

Pelage argenté qu'accompagne

Large et mainte marque de feu,

Longs pendants, élégant corsage

En faisaient pour lui presque un dieu.

Hélas! cet engouement suprême,

Né de la mode, eut de la mode même

Le destin et changea d'objet.

Un King's Charle, nain de l'espèce,

Dont tout le prix est dans la petitesse,

Remplaça le beau chien d'arrêt.

La mode règle et mérite et tendresse,

Le tout à son niveau.

Duvet moëlleux, biscuits, douce caresse

Furent la part du favori nouveau.

Notre Epagneul eut pour la sienne

Triste chenil, misère et chaîne ;

Mais si sa fortune changea,

Point ne changea son caractère ;

Noble il était, noble il resta.

L'occasion en fournit preuve entière ;

Voici le fait sans commentaire :

Assailli par un malfaiteur,

Son maître allait y perdre l'existence ;

Le fidèle animal s'élance

Et bel et bien étrangle le voleur.

D'un tel service obtient-il récompense ?

Las ! la prévention a des yeux singuliers

Et parfois elle est bien bouffonne ;

Mérite, honneur revinrent tout entiers

Au King's Charle en personne.

N'avait-il pas de loin osé glapir

Et n'était-ce courage extrême ?

L'Epagneul au chenil retourna se tapir,

En lui-même

Trouvant tout guerdon et déduit


Le vrai mérite se suffit.


*Alger,* 12 *avril* 1854.

## VIII.

# LE SINGE ET LE VIEUX BOUC

Grand visir d'un lion un vieux Bouc s'ennuyait ;

    Du matin au soir il baillait ;

Amuser un visir n'est une chose aisée :

    Pourtant, toujours à flatter avisée,

La gent courtisanesque à l'envi l'essaya.

    Mieux que tout autre fait pour plaire,

    Bàrbet d'esprit d'abord se présenta.

— « De ce Barbet, » dit-il, » je n'ai que faire ;

» L'esprit que j'ai me suffit au-delà. »

Un Ours au Barbet succéda ;

Explorateur de maints parages,

Cet Ours, grâce à tant de voyages,

Etait conteur instruit entre tous les conteurs.

—_« Il ne me chaut de ce qu'on fait ailleurs, »

Dit le Visir, » qu'au plus tôt il s'en aille !

» Depuis qu'il conte encor plus fort je baille. »

Un savant, (sur son nom Mnémosyne se tait)

Fit à son tour l'essai de sa science.

» Qu'il nous dise l'heure qu'il est !

» Et qu'il parte ! il en a toute et pleine licence. » .

Voici venir un Cerf de ses dix cors ramé,

Un vrai philosophe, un vrai sage.

— « Oh ! par Allah ! que l'huis soit à l'instant fermé ;

» Je ne veux du plus loin même en voir le visage. »

Après eux surgit Tigellin,

De ses rares talents accourant faire hommage,

Tigellin, singe expert en tours de Fagotin.

On vit tout aussitôt le front de l'excellence

S'épanouir.

Un mime eut le succès qu'esprit ni sapience

N'avaient pu sur elle obtenir.

A triomphe pareil il fallait récompense ;

On le nomma ni plus ni moins Reis-effendi


Grand visir de Lion n'agit pas seul ainsi ;

Du moins l'avons-nous ouï dire ;

Veut-on des grands devenir favori,

Amusons-les ! faisons-les rire !


*Alger, 12 avril 1854.*

IX.

# LES DEUX STATUES.

Dans l'atelier d'un statuaire

Gisait, pour un concours ouvrage destiné,

Une statue énorme et quelque peu grossière.

Un curieux la vit et parut étonné

De la façon peu régulière

Dont le marbre était façonné.

La tête lui semblait absente d'harmonie,

Les membres sans rapports entr'eux.

— « Certe, en cet œuvre malheureux

» L'artiste n'a pas fait preuve de grand génie, »

Se dit-il ; » le héros dans ce marbre sculpté

» N'aura pas à coup sûr lieu d'en être flatté. »

Un autre artiste ailleurs à même image

Dans un bloc de carrare exerçait son ciseau :

Le même curieux vit ce second ouvrage.

— « Vrai chef-d'œuvre ! » dit-il tout ravi ; » que c'est beau !

» Quel fini dans les traits ! quel charme dans l'ensemble !

» Rien de forcé ; juste mesure en tout ;

» L'art ne saurait plus loin aller en fait de goût.

» J'admire d'autant plus que plus je le contemple. »

Au Forum, quelques jours plus tard,

Sur un socle de cent coudées

On mit l'un et l'autre en regard

Les deux marbres, les deux idées.

Qu'arriva-t-il ? pour l'œuvre tant proné

Le peuple à bon droit n'eut que mépris et sarcasme ;

Mais pour l'œuvre rival, pour l'œuvre dédaigné

Ce fut brulant transport, délire, enthousiasme.

L'artiste avec génie avait su calculer

L'effet magique,

L'effet si merveilleux d'optique

D'un œuvre qu'à distance on devait contempler.

Justes proportions ! force, beauté, noblesse,

Tout révélait un demi-Dieu,

Quand l'autre fut sur son socle, oté de son milieu,

Ne se signalait plus que par sa petitesse.


De l'homme il est ainsi : pour juger sa valeur

Il nous faut le voir sur son socle.

Tel nous paraît indigne et d'hommage et d'honneur »

Placé dans son milieu, vu dans son jour meilleur,

C'est un grand homme, un César, un Sophocle ;

Au rebours, tel d'abord dont l'aspect nous séduit

Qui, mis en relief, à l'instant s'amoindrit.


Alger  avril 1854.

X.

# LE CONCERT.

Aux jours dorés, envolés dès longtemps,

Où je portais le casque et non la toge,

Où Mars me comptait dans ses rangs,

Beaux jours dont une voix, après plus de trente ans,

A la sourdine en moi murmure encor l'éloge,

Jours d'ivresse et d'enchantements

Qu'un long regret poursuit sous cheveux grisonnants,

J'ai connu certain fou que la rouge et la noire

28

Avait doté d'un monceau d'or.

Je ne suis seul sans doute à garder en mémoire

L'excentricité du Mondor,

Qui, muant en Chinois sa valetaille entière,

De son luxe bizarre amusa tout Paris.

Durant les quelques jours de sa gloire éphémère

Dans la folie évanouis,

J'eus l'heur.... je fais erreur, j'eus plutôt l'infortune

D'être pour un concert l'un des deux cents élus.

Non ! jamais à sabbats tenus au clair de lune

Ne s'est ouï pareil chorus;

Mes oreilles depuis six lustres pleins et plus .

En gardent encore rancune,

Et pourtant, j'en appelle-à l'ombre de Baillot,

Avec lui ce concert comptait pour coryphées

Vingt de nos plus brillants Orphées.

— « Or ça ! tout est dans tout ! » leur dit notre falot ;

» C'est le verbe émis par le Maître !

» D'aucun programme il ne nous chaut ;

» Tout n'est-il pas dans tout ? Le divin Jacotot

» L'a dit ; à l'œuvre donc, Messieurs ! » sur ce le traître,

» Pris au hasard, s'en va remettant à chacun

    Morceaux divers de ton et d'origine.

  On s'insurge !... Mais lui : — « foin de votre routine!

» Tout est dans tout, vous dis-je ; un est tout, tout est un ;

» Je paye... et pour mon or j'entends que chacun plie

    » Devant le verbe magistral. »

    On céda par plaisanterie ;

  Le premier coup d'archet fut vraiment infernal ;

Jugez la discordance et la cacophonie

    De notes à l'envi hurlant

    De leur étrange accouplement.

— » Bravo ! tout est dans tout ! » s'écriait, pâmé d'aise,

    Le virtuose jacotin.

Plus se heurtaient entr'eux et bémol et dièse,

  Plus notre fou clamait : bravissimo! divin !

Pour moi de mes deux mains me bouchant les oreilles,

    Contre sonorités pareilles

    Je protégai mes timpans de mon mieux ;

    Trop vains efforts !. J'y perdis l'un des deux.

    Ce fou n'est pas d'espèce unique ;

De plus d'un rêveur politique

De point en point et trait pour trait

Il nous offre type parfait.

Ces rêveurs, comme lui, maximent un principe

Qu'ils posent comme prototype,

Moule absolu, fatal où d'un seul jet

Toute société, d'emblée,

Doit forcément être coulée.

Mais que sort-il du moule ? un monstre plus ou moins,

Quels que soient talents et mérites

Des ouvriers choisis pour acolytes ;

Ceux du concert en sont là pour témoins!

*Alger, avril 1854.*

# LIVRE SEPTIÈME.

I.

# LE BUCHERON ET L'OUBLIETTE.

Tout malheur ne vient pas pour nuire ;
Ce proverbe a du vrai ; Dieu va nous éprouvant,
Mais sous l'épreuve il cache un bienfait très-souvent.
Aux dictons que je viens d'inscrire,
Enfants, un fabliau va servir d'argument.

Donnant libre cours à son ire,
De propos peu courtois, de jurons tant vaut dire,

Un pauvre bûcheron apostrophait le sort,

Le sort!... je fais erreur ; c'est au bon Dieu lui-même

Que dans l'excès du déconfort

Il jetait ainsi l'anathème ;

Mais fort heureusement qu'à pareil maugrément

Presque toujours Dieu fait la sourde oreille

Et qu'en son cœur trop indulgent

Le courroux dort, la bonté veille.

Sans sol ni maille et parfajt besacier,

Ce bosquuillon n'avait pour gîte

Qu'une tour à demi détruite,

Triste débris d'nn vieux moutier,

Sans porte et presque sans toiture

Où vent et soleil et froidure

Prenaient libre accès tour à tour.

Du pauvre Bucheron fâcheux sociétaire

De compte à demi la misère

Dès longtemps hantait ce séjour.

Quelque rude pourtant qu'était semblable vie ,

Notre homme avec philosophie

Avait enduré son destin ;

Mais, fort jusqu'à ce jour, sous un dernier outrage

S'était brisé tout tout son courage ;

Son gagne-pain,

Sa hache est la gisant en deux tronçons rompue.

Du pied dans sa déconvenue

Il frappe et frappe encor le sol avec fureur ;

Le sol cède : soudain le Bosquillon culbute

Sous la voûte croûlante et se brise en sa chûte

Un bras pour comble de malheur.

— « Oh! maudit soit!... » Tout court le bonhomme s'arrête ;

— « Béni Dieu! » reprend-il, » mon ange et l'oubliette!

» De l'or!... Je suis couché sur l'or ! »

L'oubliette en effet renfermait un trésor ;

Le voilà riche et partant en liesse.

Il est vrai qu'il avait un bras cassé ; mais qu'est-ce ?

Notre homme au même prix eut cassé l'autre encor.


La France en un bourbier naguère, hélas ! tombée

Jetait un long cri douloureux ;

Bras puissant l'a désembourbée ;

L'un et l'autre, aujourd'hui de l'aventure heureux,

29

Et France et Bucheron sont tous deux là pour dire :

« Tout malheur ne vient pas pour nuire. »

*Mustapha, 3 juin 1854.*

II.

# LES DEUX NAGEURS.

Deux jeunes gens nagaient ; au cours de l'onde

 L'un s'abandonnait mollement ;

 L'autre du fleuve à l'eau profonde

 Cherchait à dompter le courant ;

Mais vains efforts ! le flot par sa puissance

 Au même point les emporte tous deux.

Tel ainsi va luttant contre la Providence ;

Lutte vaine ! les flots l'emportent avec eux.

*Staouëli, 7 Juin 1854.*

III.

# LES DEUX DAGUES

Au velours d'une panoplie

Appendait dague de Murcie,

N'ayant d'autre fourreau qu'une gaîne de cuir.

Une autre dague est auprès d'elle ;

Son fourreau d'or massif, incrusté de saphyr,

D'un éclat magique étincelle.

La première, d'acier à percer un écu,

Dague à ne laisser jamais son homme au dépourvu,

Est pour tout noble preux une arme sans pareille.

L'autre, dont le fourreau fait toute la merveille,

Inutile au combat n'est qu'un hochet brillant

Bon pour parader seulement.


Riche.fourreau, méchante lame,

Bonne lame et fourreau méchant,

C'est amalgame

Que dans le monde on voit assez souvent ;

Le monde est une panoplie

Où mainte enveloppe embellie

N'enferme qu'un esprit abject,

Où maint extérieur du plus grossier aspect

Contient cœur d'acier de Murcie.


*Alger*, 10 *juin* 1854.

I V.

# LE LIERRE ET LE SYCOMORE

Sur le sol se traînait un Lierre

Qu'insultait du pied tout passant ;

Un Sycomore au tronc puissant,

Prit en pitié la plante et sa misère.

— « Viens à moi ! » lui dit-il ; » Viens ! délaisse la terre !

» Je veux te servir de soutien ;

» C'est peu, mon jeune ami ! Je veux que ton feuillage

» Ne fasse désormais qu'un seul avec le mien ;

» Tout m'intéresse en ton jeune âge ;

» Viens donc ! et pour mon fils puissé-je t'adopter ! »

Heureux d'un pareil patronage,

Le Lierre eut hâte d'accepter.

Il étreignit d'abord le tronc du Sycomore

De ses mille bras sinueux ;

Puis il gravit plus haut encore ;

Puis encor, redoublant ses nœuds,

Il envahit les rameaux plus extrêmes ;

Puis sous des étreintes suprêmes

Il étouffa son bienfaiteur.


Ce Lierre dans le monde a maint imitateur.


*Mustapha-Inférieur, 12 juin 1854.*

# V.

# LE PÊCHEUR ET LA SIRÈNE

A MON FILS.

Un jeune et beau Pêcheur, vers le déclin du jour,

Sur la falaise assis et penché sur les ondes,

Plongeait au sein des eaux profondes

Un long et doux regard d'amour ;

L'heure a trois fois, remplaçant l'heure,

Au temps fait changer de demeure,

Devant la nuit a fui le jour

30

Depuis qu'une fiévreuse attente

L'absorbe et que des yeux, du cœur,

Il sonde ainsi la profondeur

Du golfe à l'onde transparente.

A voir son immobilité

De bronze on dirait une image ;

Même son penser en partage

Toute l'étrange fixité.

Chant de bulbul, voix de la brise,

A ses pieds le flot qui se brise,

Rien ne distrait le beau Pêcheur.

Par degrés cependant la lune

S'élève au-dessus de la dune

Et la blanchit de sa lueur ;

A son tour le golfe s'éclaire

Et bientôt l'humide élément

Est tout entier imprégné de lumière.

Soudain le beau Pêcheur tressaille et, plus avant

Sur les flots blanchis se penchant,

Il voit se jouer dans les ondes

Nymphe aux yeux blens, aux boucles blondes ;

Elle chante : sa voix semble par sa douceur

    Un timbre d'or vibrant au cœur.

— « Viens ! » dit la Nymphe au beau jeune homme ;

   » Viens ! ô toi que j'aime d'amour !

   » Délaisse ton triste séjour

   » Pour être Roi dans mon royaume !

   » Echange des jours de travail

   » En des jours coulés dans l'ivresse ;

   » Mon brillant palais de corail

   » Te garde bonheur et liesse ;

 » Trois fois déjà je suis venue à toi

   » Pour t'offrir cœur et couronne !

 » Ne tarde plus ! à ton tour viens à moi ! »

— « A toi ! » dit le Pêcheur ; » A toi je m'abandonne !

   » Je t'aime et je veux être Roi !

   Et fasciné par la Sirène,

L'infortuné s'élance et sous l'humide plaine,

   Victime de son fol amour,

   Disparaît, hélas ! sans retour.


   Ainsi le monde a son mirage

Où tu verras, mon fils, surgir la volupté,

Sirène aux doux regards, Sirène au doux langage,

Nous offrant et couronnne et palais enchanté.

    Malheur à celui qu'elle enivre !

Si l'imprudent, hélas! s'élance pour la suivre ,

Aux flots où la Sirène étale sa beauté,

Comme le beau Pêcheur, d'un fol amour victime,

L'imprudent sans retour disparait dans l'abîme.

*Pointe-Pescade, 20 Juin 1854.*

VI.

# LE SOURD

Un Sourd était au bal. — « Voilà, j'en fais gageure, »

Dit-il, » autant de fous ; il n'est sous le soleil

» Qu'eux seuls pour entreprendre exercice pareil ;

» A la tête ces gens ont tous quelque fêlure ;

» Rien n'est pour moi plus certain que ce fait. »

    Ce Sourd jugeait en vrai sourd qu'il était ;

    Il eut trouvé la danse chose accorte

Si l'oreille chez lui n'eut fait défaut complet.

Que d'esprits sont ainsi privés d'un sens ! n'importe,
Quoiqu'il s'agisse de juger,
Aveugle ou sourd, aucun ne se déporte ;
Heureux encor s'ils n'ont droit d'émarger.

*Alger, Juin* 1854.

## LE JEUNE OISON ET L'OIE

Un jeune Oison vantait ses facultés multiples ;
— « Je nage, » disait-il ; » et je vole et je cours. »
— « Ne te targues pas tant de ces facultés triples,
    » Qui ne te sont d'aucun secours, »
    Lui répondit sa vieille mère.
    » Mon fils ! mieux te vaudrait cent fois
    » N'en posséder qu'une des trois,
» Soit voler, soit courir, soit nager ; mais le faire

» A l'égal du brochet, du daim ou du ramier. »

Cette réponse pour une Oie

Point n'était sotte que je croie.

Sur ce discours survient un cuisinier

Qui donne au jeune Oison la chasse ;

L'Oison court, vole et nage, hélas ! mais en Oison ;

Le maitre queux le happe et sans plus de façon

L'occit sur place.

Il est sur ce patron des gens, Dieu sait combien !

Sachant un peu de tout et n'étant bons à rien.

Alger, 25 *Juin* 1854.

## VIII.

## LA PUDEUR ET L'INNOCENCE

Deux sœurs, la Pudeur, l'Innocence
Avaient reçu sainte hospitalité ;
　　Toutes deux en félicité
　　Payaient leur jeton de présence.
Mais il advint que fâcheuse influence
Fit de séans éloigner la pudeur.
D'elle-même aussitôt s'éloigne l'autre sœur ;
　　Avec instance on la rappelle ;

31

Efforts superflus !

— « Je ne reste jamais où la pudeur n'est plus, »

Dit-elle.

*Alger*, 1er *Juillet* 1854.

IX.

# L'ECLIPSE

Du jour le disque radieux

A flots épanchait la lumière,

Quand soudain, roulant dans les cieux,

La lune entre l'astre et la terre

S'interpose et semble au chaos

Refouler la nature entière.

Arrachés à leur froid repos

Les monstres hideux des ténèbres

Sortent de leurs antres funèbres

Et, tout joyeux qu'avant le soir

L'ombre étende son crêpe noir,

Acclament de leurs cris sauvages

Cette nuit au vaste éteignoir,

Gage assuré de brigandages.

Le monde pour eux, en espoir,

A pris une face nouvelle ;

Le soleil dans l'ombre éternelle

Sans doute est plongé sans retour ;

Mais leur joie eut courte durée ;

Car voici que l'astre du jour,

A la nature rassurée

Versant la lumière à flots d'or,

Apparaît plus splendide encor

Et soudain l'ost carnassière

Des monstres frappés de stupeur

Retourne en son obscur repaire

Cacher sa honte et sa fureur.


Autre soleil, sous des ombres soudaines

Naguère avons-nous vu le pouvoir englouti ;

    De ses tanières souterraines

Une tourbe sans nom aussitôt a surgi,

    De cris joyeux saluant les ténèbres,

    Cahos propice à ses projets funèbres.

    Tant de joie a bientôt péri !

Car bientôt le pouvoir, se dégageant des ombres,

    Plus éclatant a brillé de nouveau

    Et fait rentrer en ses retraites sombres

    L'étrange et sauvage troupeau.

*Alger*, 4 *Juillet* 1854.

# X.

# LE CHIEN ET LE CHEVREUIL

A MON FILS.

Briffaud, le museau sur ses pattes,

Voyait de loin accourir un Chevreuil ;

— « Plus il ne verra ses pénates, »

Dit Briffaud, » et sa mère en portera le deuil ;

» Il vient à moi ; je l'attends au passage

» Sans me donner plus ample ennui. »

Le Chevreuil en effet, poursuivant son voyage,

Vint à passer à trente pas de lui.

— « Je peux » pensa Briffaud » lui laisser prendre avance ;

» Il me faudra trois bonds pour combler la distance ;

» Ne nous dérangeons pas encor. »

Le Chevreuil l'aperçut ; plus prompt fut son essor.

S'arrachant à trop de paresse,

Briffaud partit enfin , mais trop tard ; de vitesse

Avec un plein succès le jeune faon joûta

Et, distancé, Briffaud resta.


L'occasion, mon fils, est ce chevreuil agile ;

Au passage il faut la saisir ,

Et parfois même, en stratégien habile,

Au devant d'elle il est bon d'accourir.

Si tu ne sais au passage l'étreindre,

Rappelles-toi qu'il n'est palefroi pour atteindre

L'occasion qu'on laisse fuir.

Alger, 10 *Juillet* 1854.

# LIVRE HUITIÈME.

I.

# LES DEUX TOURTERELLES

Sœurs jumelles,

Deux blondes Tourterelles

S'aimaient de tendre amour comme les deux pigeons

Dont La Fontaine en sa fable charmante

Nous a conté l'histoire si touchante.

Leurs jours coulaient heureux au bocages profonds ;

Là, sous les verts palmiers point de souci funeste !

Mais bon souper, mais bon gîte et le reste !

L'une d'elles vit par malheur

Passer au sein des airs le pigeon voyageur.

Un même désir de voyage

S'empara soudain de son cœur ;

Elle voulut partir pour de lointains parages,

Sourde aux prières de sa sœur.

— « Notre verte  oasis, nos plus riants bocages

» Ne suffisent donc plus, ingrate, à ton bonheur, »

Lui dit sa compagne anxieuse.

— « Je pars pour revenir, » reprit la voyageuse ;

» Avant bien peu je serai de retour. »

— « Je tremble qu'une fois partie,

» Eprise d'un autre séjour,

» Ma sœur au loin ne reste et ne m'oublie. »

— « Rassure toi ! l'absence aiguillonne l'amour ;

» On s'aime au retour davantage ;

» Crois-moi ! j'apporterai de mon pèlerinage

» Ma sœur, baisers plus doux et cœur plus tendre encor ;

» Pour hâter mon retour, je hâte mon essor. »

Elle dit et loin des palmistes

S'envole,  en laissant les adieux du départ,

Pour l'ami qui demeure adieux toujours plus tristes,

    Hélas ! que pour l'ami qui part.

  Tout en effet fut pour la Tourterelle

En son voyage objet d'ample distraction ;

    Faut-il le dire ? Tout pour elle

Fut d'oubliance aussi trop prompte occasion.

Une fois cependant à la pauvre jumelle

    Elle fit par une hirondelle

    Porter un lointain souvenir !

    Ce fut le seul ; toute au plaisir,

Elle oublia bientôt l'oasis. le boccage

    Et sa sœur.


En s'éloignant des yeux on s'éloigne du cœur ;

Heureux qui ne fait pas l'épreuve de l'adage !

      *Orangerie de Mimouch*, 2 août 1854.

II.

# L'ENVIE ET LA FLATTERIE

Envie et Flatterie avaient vives querelles,

Se disputant avec aigreur

Entre elles

Sur la taille d'un sénateur.

— « C'est un géant, » disait la Flatterie ;

— « C'est un nain, » ripostait l'Envie.

— « C'est un géant,» vous dis-je.—« un mirmidon vraiment ! »

— » Tout est pour vous ciron un bien hyssope. »

— « Vous voyez tout au microscope. »

— « Je l'ai toisé, mêtré. » — « J'en ai fait tout autant. »

— « Il a dix pieds! » —« Il n'a que deux pieds seulement. »

— « Sur son ombre ligne pour ligne

» Hier encor j'ai pris sa hauteur. »

— « Sur son ombre de même avec un soin insigne

» J'ai relevé sa taille en long comme en largeur. »


Toutes deux disaient vrai : l'une et l'autre sur l'ombre

Avaient exactement fait l'extrait de leur nombre ;

Mais l'une, en plein midi,

Avait opéré son métrage

Quand l'ombre est plus en raccourci ;

L'autre au soleil couchant avait fait le toisage,

Lorsque l'ombre au double a grandi.

Envie et Flatterie ont toujours fait ainsi

Et point ne changeront d'usage.


*Alger, 25 Juin 1854.*

## III.

## L'HIRONDELLE.

Qu'au tiède soufle du zéphyr

    La primevère éclose,

On voit l'Hirondelle accourir.

Que le givre fasse flétrir

    Uue dernière rose,

On voit l'Hirondelle s'enfuir.


Il est bien des amis pareils à l'Hirondelle,

Qu'auprès de nous amène le bonheur,

Et qu'on voit fuir à tire-d'aile

Aux premiers givres du malheur.

*Alger,* 20 *août* 1854.

IV.

# LES MÈDAILLES

D'un labeur répété chaque jour de l'année,

    Le soir venu, moulu, las, épuisé

Un pauvre hère, avant de clore sa journée,

Au sol de ses sueurs largement arrosé

Plonge une fois encore l'outil dont il travaille.

    O surprise! un vase est brisé;

    Il s'en échappe une médaille,

    Puis dix, puis vingt, puis tout un cent;

— « Hélas ! » dit-il, » triste trouvaille

    » Qui me laisse aussi gueux qu'avant

» Ce n'est que du vieux cuivre et bon, vaille que vaille,

    » A vendre au poids tant seulement. »

    Ainsi fit-il ; l'acheteur, meilleur juge,

Comprit que ce vieux cuivre était un vrai trésor.

Il revendit le tout au double pesant d'or.


La fortune en passant bien souvent nous adjuge

    Le moyen de nous enrichir ;

    Vrais maladroits, aux mains des autres

    Nous la laissons glisser des nôtres

    Sans avoir su nous en servir.

        *Alger, 25 août* 1854,

V.

# LA SOURCE ET LE CAIMAN

Dans la Floride, aux savanes profondes

Qu'ombragent les Tulipiers verts,

Le voyageur séduit s'arrête au bord des ondes

Que Dieu fait sourdre en ces riants déserts

Où si prodigue sa main sème

Les parfums, l'ombre et la fraîcheur,

Où le colibri, fleur lui-même,

Va voltigeant de fleur en fleur.

Avec transport le voyageur aspire

L'enivrante atmosphère aux suaves senteurs ;

Il s'assied sur la rive ; il se penche, il admire

Ces eaux offrant à l'œil jusqu'en leurs profondeurs

Un pur cristal en qui l'onde se mire.

— « Cette onde » se dit-il, » par sa limpidité

» Cette onde dans son sein m'attire ;

» Qu'elle est bleuâtre et calme et quelle volupté

» D'y rafraîchir mes sens alanguis de fatigue ! »

Mais, plus avant s'inclinant sur la digue,

Attentif, il regarde.... horreur !

Il aperçoit au plus profond de l'onde,

Enorme, un Caïman immonde.


Ainsi les jours du riche ont l'attrait du bonheur ;

Son âme est à nos yeux, comme ces eaux, tranquille ;

Rien ne semble en troubler le calme plus profond ;

Mais penchez-vous sur elle et.... regardez au fond !

Regardez bien ! vous verrez un reptile

S'agiter dans les profondeurs,

L'hydre des secrètes douleurs.

Alger, 30 août 1854.

VI.

## LES DEUX LEVRIERS.

Deux Levriers, muselés tous les deux,

Qui bons amis de prime abord se montrent,

L'un jeune, l'autre déjà vieux,

En un carrefour se rencontrent.

Après échange de saluts,

Le plus jeune prend la parole :

— « Quoi! dit-il; » envers vous, par un étrange abus

» L'homme comme envers moi se montre malévole !

» Vous aussi muselé ! ma fureur s'en accroît !

» Rien n'est plus odieux que telle tyrannie ;

    » Contre aussi cruelle avanie

    » Je crie anathème à bon droit :

    » Maudits soient homme et muselière ! »

— « Calme, mon jeune ami, ton ardente colère, »

    Lui répond son vieux compagnon ;

    » Il est vrai, l'homme nous musèle,

» Mais l'homme de la sorte agit avec raison.

    » Infectés d'un affreux poison,

Quelques uns d'entre nous ont morsure mortelle ;

» C'est peu ; de leur venin cruels propagateurs,

» Nous infectant nous-même, ils nous rendent complices,

    » Hélas! de leurs tristes fureurs ;

    » Mais les entraves protectrices,

   » Qui sont pour toi l'objet de vifs griefs,

    » A nous comme à l'homme propices,

    » Nous gardent tous d'affeux méchefs.

    » Crois-en ma vieille expérience !

    » Au prix de quelque liberté

» Point n'est-ce payer cher notre sécurité ! »

Faut-il de l'apologue extraire la sentence ?

Elle est bien transparente ; hélas ! d'humaine engeance

    Chiens enragés sont parmi nous ;

On ne peut s'en garder qu'en nous muselant tous.

*Alger, le 2 Septembre* 1854.

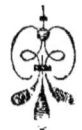

34

VII

## L'AVALANGE.

Aux jours où tiédit la froidure

Un sansonnet, au Mont-Blanc égaré,

Emportait dans son bec un grain qui d'aventure

Sous son vol s'était rencontré.

Le grain s'échappe; il tombe en un flocon de neige;

Atome accru d'un atome nouveau,

Le léger flocon, où s'aggrège

Le grain qu'a laissé choir l'oiseau,

Se détache ; il roule et sans cesse

S'agglomérant atômes plus nombreux,

Va doublant de volume et doublant de vitesse

Et bientôt, globe monstrueux

De roc en roc bondissant dans l'espace,

Sous l'immensité de sa masse

Il engloutit le hameau plus lointain.


Voilà la calomnie! elle est ce faible grain

Tombé sur la neige et la glace.

Puis elle va toujours croissant

Et, croissant toujours, bientôt change

Le grain de mil en avalange.

*Alger, 4 Septembre 1854.*

## VIII.

# LE JARDINIER ET LA FLEUR

Un desservant de Flore,

Après les feux brûlants du jour,

Sur chaque plante tour a tour

    Epanchait son amphore.

Toutefois devant une fleur

D'un pas indifférent il  passe ;

Mais la fleur l'arrête ; — » Oh ! de grâce !

» Verse-moi, « dit-elle, » un peu d'eau :

» Voici trois jours que tu m'oublies ;

» Point ne verrai-je un jour nouveau

» Si mes racines rafraîchies

» Ne me rendent quelque verdeur. »

— « Sache jusqu'à demain prendre encor patience ;

» Pour demain, » reprit-on, » avec pleine abondance

　　» Je te promets onde pure et fraîcheur ;

　　　» L'amphore est d'ailleurs désemplie

» Et ma tâche du jour pour l'heure est accomplie.

» A demain ! » poursuit-on ; » pour avoir attendu,

　　　» Crois-moi, tu n'auras rien perdu. »

On revint à l'aurore avec amphore pleine ;

　　C'était trop tard : la fleur avait péri.


Mettre un bienfait, mon fils, en quarantaine.

C'est mettre tout d'abord le bienfait au décri ;

Obliger promptement, c'est donner au service

　　　Double valeur ;

L'ajourner, trop souvent c'est perdre heure propice ;

　　　Témoin la fleur !

*Hydra, 6 septembre* 1854.

IX.

# LE MIROIR

— « O l'étrange Miroir ! regardez donc, mon père,

    » Comme applatis grotesquement,

  » Mes traits sont allongés de façon singulière !

    » D'où vient cet effet grimaçant ?

— « De la convexité qu'offre au jour la surface ;

  « Les traits, obliquement recueillis par la glace,

    » En charge, tels qu'ils sont perçus,

     » Sont rendus.

» Mais ce miroir n'est point unique

» A produire, mon fils, pareil effet d'optique ;

» Nombre d'esprits en font autant,

» Esprits convexes transformant

» En bizarre carricature

» La nature,

» Rendant en un mot tout objet

» Ainsi qu'ils l'ont perçu, mais non pas tel qu'il est.

*Alger, 8 septembre* 1854.

# LE DOGUE

Maigre, efflanqué, poils hérissés, œil louche,
Un Dogue famélique à plein gosier jappait
Et même, en son humeur farouche,
A belles dents mordait.
Mais voici qu'un passant lui jette
Quelques os à ronger.
Aussitôt Dogue de changer ;
La métamorphose est complète ;

35

Plus de morsure ni d'aboi.

Mâchoire pleine, il est vrai, d'ordinaire.

Ne mord ni n'aboit guère ;

Aussi l'animal reste coi.


Parmi nos jappeurs politiques

Ce Dogue a de nombreux jumeaux ;

A leurs appétits faméliques

Que l'on jette à ronger des os

A l'instant chacun s'amadoue ;

Plus de morsure et d'aboiement !

Et, grâce à l'os que chacun est rongeant,

Le chenil se change en Capoue,

*Blidah, Novembre* 1854.

# EPILOGUE.

## LE LION, LE RENARD ET LE LOUVETEAU.

Un Lion, prince héréditaire,

En un vieux Louvre tenait cour.

Renard que distinguait esprit et savoir-faire,

Suivi d'un jeune Loup, se présente à son tour.

L'assemblée était fort nombreuse

Et le prince d'humeur joyeuse.

L'étiquette en oubli fut mise quelque peu ;

Chacun s'émancipa ; de gaité princière

C'est l'effet assez ordinaire ;

S'égaler au prince est un jeu

Dont la vanité s'accommode ;

Mais ce jeu n'est pas sans danger

Et le vrai courtisan ne s'y laisse engager ;

Mons Renard avait pour méthode

De garder un décorum constant ;

C'est ce qu'il fit, payant du reste avec usure

Son écot en esprit comptant.

S'il se mit près du prince en fort bonne figure,

Ni plus ni moins en fit novice Louveteau

Qui l'amusa par balourdise.

Un instant au même niveau

Furent mis esprit et sottise ;

Pareil fait ne se voit qu'à la cour des Lions.

Le Louveteau s'en croyait loup d'élite ;

Heureux il paradait, quand soudain : — « Sus et vite !

» Partons ! sans plus tarder, partons ! »

Dit le Renard à son jeune acolyte.

—«Déjà ! »—Hé ! oui ! mon cher ! »—« Bah ! vous voulez railler»

— « Demeure, si tu veux ! quant à moi, je me sauve ;

» Regarde Monseigneur ; son œil devient plus fauve ;

  » L'ennui le gagne ; il va bailler.

  » J'eus en tous temps l'habitude discrète

  » De m'esquiver une minute avant.

» Je n'attendis jamais un premier baillement ;

» Mon cher, j'appelle ça l'art de battre en retraite. »


L'homme d'esprit comprend quand il devient de trop ;

Être importun c'est le rôle d'un sot.

Alger, 15 *Mars* 1857.

# NOTES.

⌒

Je veux épargner aux critiques la peine de rechercher péniblement où j'ai puisé le sujet de mes apologues. Ces notes n'ont d'autre objet que d'en indiquer l'origine, autant que des souvenirs souvent trop fugitifs pourront me le permettre; car, si parfois j'ai dû à mes lectures du moment soit la moralité sur laquelle j'ai bâti le drame qui devait la mettre en action, soit le drame lui-même d'où j'extrayais la moralité, le plus souvent c'est à d'anciennes réminiscences fortuitement éveillées que j'ai dû soit la moralité, soit le drame, soit l'un et l'autre. Aussi ma mémoire se trouvera-t-elle quelquefois en défaut pour indiquer telle ou telle origine; qu'importe? Les eaux du Nil sont-elles plus ou moins fertiles pour provenir d'une source inconnue?

Quant aux apologues qui m'appartiennent en entier et pour le fond et pour la forme, ils sont nés pour la plupart du jour au jour d'un fait observé, comme *l'Arbrisseau* et *l'Horticulteur*; d'un travers mis en saillie, comme le *Lionceau*; d'un rapprochement philosophique, comme *l'Enfant et les Vitraux*.

Je ne crois pas devoir en dire autre chose et cependant leur historique ne serait pas la page la moins intéressante du volume. Que de silhouettes à relever, que d'anecdotes piquantes, que de traits de mœurs à mettre au jour! mais il faudrait la plume chatoyante d'un Ste-Beuve et je ne sache pas la posséder.—Et puis, ne serait-ce pas trop souvent mettre l'adresse sur la lettre et c'est ce que je ne veux point faire.

---

## LIVRE PREMIER. — NOTE PREMIÈRE.

---

*La Luciole ; — Les trois Concurrents.*

*La Luciole* est mon premier essai ; il date de seize ans passés : c'est une imitation d'une fable allemande dont voici la traduction littérale :

> Un Ver-luisant reposait,
>   Ignorant son éclat,
>   Dans l'herbe molle
>   D'un bocage de Barde.
> Doucement, hors de la mousse pourrie
>   Se glisse un épouvantail,
>   Un crapaud qui lance
>   Tout son poison sur lui.
> — » Ah ! que t'ai-je fait ?
>   Lui crie le ver.
> — » Eh ! lui crie brutalement le monstre,
> » Pourquoi brilles-tu ? »

J'étais loin de prévoir, lorsque je me livrai à cette fugitive composition, qu'un jour l'apologue me deviendrait familier et qu'un mot tombé devant moi, un travers observé, un proverbe recueilli, une moralité émise, seraient pour mes heures de loisir autant de sujets d'affabulation.

Il me semblait alors que de tous les genres de composition l'apologue était le plus difficile ; que bâtir le drame de la moindre fable était une œuvre de labeur réclamant une intelligence privilégiée. Douze ans plus tard, je rencontrai, traversant les Tuileries, un de mes amis qui me fit, d'assez mauvaise humeur, part d'une amère déconvenue. Il s'était laissé distancer, dans la poursuite d'un poste important, par un compétiteur d'assez mince acabit pour avoir donné quelques heures de trop à des préoccupations d'amour.

A peine m'eut-il quitté que, tout en parcourant le jardin, je formulai l'anecdote en apologue et le troisième tour n'était point achevé que la fable des *Trois Concurrents* était faite de verve. Depuis lors j'ai rabattu du tout au tout sur les difficultés de ce genre de composition ; rien n'est plus facile à mon sens que de charpenter un apologue; la pierre d'achoppement est dans le style : élégance de la forme et simplicité du fond, finesse de la pensée et naïveté de l'expression, développement de l'action et tout à la fois consision du drame, voilà ce qui constitue le mérite du genre, voilà ce que possédait à un si haut degré La Fontaine et ce qui fera à jamais le désespoir de tous ceux qui se laisseront à mon exemple tenter à marcher dans cette voie.

Faut-il coudre une anecdote à cette note déjà trop longue peut-être? Si je ne craignais d'émettre un paradoxe, je dirais que c'est le moyen de l'abréger; en effet, ce résultat ne sera-t-il pas obtenu si les dernières lignes font oublier les premières.

L'an dernier, une de nos plus charmantes actrices, M^{me} ***, eut à subir, comme tout ce qui brille ici bas, les cruelles bavures de l'envie. — « Pourquoi m'attaque-t-on ainsi ? » disait-elle ; » Qu'ai-je fait ?

Pour réponse on lui fit parvenir la fable de la *Luciole* , dont une indiscrète amitié trahissait l'obscurité manuscrite ;

Ajouterai-je que cette bluette fut applaudie ! — Pourquoi pas ? quand j'aurai distrait de ce succès la part de l'à-propos, il restera bien peu de chose pour mon amour-propre, car je ne suis pas sans savoir que l'à-propos est souvent pour plus de moitié dans les plus grands succès.

## NOTE DEUXIÈME.

L'Arbrisseau, le Fruit du lac asphaltite, le Névroptère; le Steeple-chase m'appartiennent ainsi que les Trois Concurrents, tant pour le fond que pour la forme. C'est tout ce que j'ai à en dire.

## NOTE TROISIÈME.

### Les deux Renoncules.

Cette fable n'est qu'une réminiscence d'un tout petit apologue en prose, inséré dans un de ces opuscules de lecture pour la première enfance. J'eus la pensée de lui donner le relief de la poësie pour mieux graver la moralité dans l'esprit de mon fils, encore enfant, que je désirais éloigner d'un jeune camarade dont la société ne pouvait que lui nuire.

## NOTE QUATRIÈME.

### L'Hélianthe.

Où donc ai-je pris le sujet de cet apologue? tout simplement dans la nature ; c'est à cette source que j'ai le plus souvent puisé.

## NOTE CINQUIÈME.

### Le Loup et l'Agneau.

Faut-il me justifier d'avoir, non pas refait la fable de La Fontaine, (c'eût été un sacrilège), mais ajouté au drame un dernier acte.

J'avais entendu un jeune enfant dire, après avoir récité l'apologue du Loup et l'Agneau : je veux toujours être le plus fort. L'impression, produite sur l'esprit de cet enfant par la moralité qui termine la fable, me frappa. J'ai cherché à rectifier cette impression fâcheuse en montrant Dieu châtiant le pervers et protégeant l'innocence.

*La Sensitive.*

Même observation que pour *l'Hélianthe.*

---

LIVRE II. — NOTE PREMIÈRE.

---

*Le Coq d'Inde.*

Cet apologue est dû à un travers pris sur le fait et qui m'a remis en mémoire, pour moralité, une sentence que je crois être de Marot.

NOTE DEUXIÈME.

*Le Moine et le Maltotier.*

Un dignitaire de l'église que je suis heureux de compter au nombre de mes amis et que distinguent les plus éminentes qualités du cœur et de l'esprit, prêtre selon l'évangile, M. l'abbé Suchet me rappelait un jour ces paroles si vraies de l'Écriture : la lettre tue et l'esprit vivifie.

Une historiette de Rabelais me revint à la mémoire et s'offrit à moi pour canevas d'un apologue propre à mettre en relief la moralité évangélique. Voilà l'origine de cette fable.

NOTE TROISIÈME.

*Les Coups de Langue ; la Pie.*

Ces deux fables m'appartiennent en entier sauf la moralité de la seconde qui doit être restituée à Horace : *Nescit vox missa reverti*

NOTE QUATRIÈME.

*La Potion.*

Qui ne connaît la comparaison du Tasse ?

NOTE CINQUIÈME.

*La Cassolette.*

C'est une réminiscence : d'où me vient-elle ?
je n'en sais rien.

NOTE SIXIÈME.

*Les deux Singes ; le Ruisseau ; le Papillon ;
les Reflets.*

Même observation que pour les *Coups de
langue.*

---

LIVRE III. — NOTE PREMIÈRE.

*La Branche de Sureau.*

Cette affabulation est d'origine allemande, à
part la moralité.

NOTE DEUXIÈME.

*Le Lion et la Mère.*

Qui ne sait l'histoire du Lion de Florence ?
J'en ai fait ressortir une moralité dont chacun
reconnaît l'auguste personnification.

NOTE TROISIÈME.

*Le Lionceau ; le Coq d'Inde et le Merle ; les
deux Nageurs ; les deux Rosiers ; le Cèdre et l'I-
vraie ; le Lys et les Roses* sont d'invention
première. Peut-être ai-je tort de comprendre
dans la nomenclature le *Cèdre et l'Ivraie* en qui
quelques-uns voudront signaler une sorte de
filiation avec *le Chêne et le Roseau.*

NOTE QUATRIÈME.

*Le Ver rongeur ; les deux Tonneaux ; le Rêve.*

Ces trois fables sont des imitations plus ou

moins exactes ; le *Ver rongeur* est un apologue
allemand ; *les deux Tonneaux* sont extraits, pour
le canevas, d'un magasin littéraire, sauf la moralité ; il en est de même de la moralité du *Rêve*
dont le drame est une réminiscence de je ne sais
quelle lecture.

### LIVRE IV. — NOTE PREMIÈRE.

*L'Ane joueur de flûte.*

C'est une imitation d'une fable d'Iriarte, imi-
tée avant moi par Florian. Voici le texte du
poëte espagnol dont je me suis plu à conserver
le tour original.

> Esta fabulilla
> Salga bien, ò mal,
> Me ha ocurrido ahora
> Por casualidad.
> Cerca de unos prados
> Que hai en mi lugar
> Pasaba un Borrico
> Por casualidad
> Una flauta en ellos
> Hallò, que un Zagal
> Se dexò olvidada
> Por casualidad.
> Acercose à olerla
> El dicho animal ;
> Y diò un resoplido
> Por casualidad.
> En la flauta el ayre
> Se hubo de colar ;
> Y sonò la flauta
> Por casualidad.
>
> Oh ! dixo el Borrico ;
> Que bien sé tocar ;
> Y diràn que es mala
> La musica asnal.
>
> Sin reglas del arte,
> Borriquitos hay
> Que una ves aciertan
> Por casualidad.

NOTE DEUXIÈME. — *Le Chat et les deux Amis.*

Est-ce une de ces réminiscences de lecture dont on ne se rend pas compte? le drame m'appartient-il? Je n'en sais rien ; quoiqu'il en soit, je revendique la moralité et la mise en scène.

### NOTE TROISIÈME.

### *Le Négrillon ; le Cheval et le Bûcheron.*

Ces deux fables sont mon bien sans partage : si n'est l'une des deux moralités de la dernière que je dois au spirituel C\*\*\* de F\*\*, avec qui je dînai certain jour à Hydra ;—La nuit survint ; il fut pressé par son hôte de rester jusqu'au lendemain ; mais il résista aux instances et donna l'ordre de seller son cheval. Au moment où il mettait le pied à l'étrier un orage éclate ; il lui fallut demeurer bon gré, mal gré : — « On ne monte pas, » dit-il en rentrant, « tout cheval que l'on bride » Je notai la sentence ; c'était avoir noté une fable.

NOTE QUATRIÈME. — *Le Noyau ; la Source.*

Le *Noyau* est une imitation faite de mémoire d'un apologue que je crois tudesque d'origine ; la *Source* a son principe dans une affabulation arabe.

### NOTE CINQUIÈME.

En revendiquant *le Ballon, le Papillon et l'Enfant, les Échasses, le Perroquet,* je ne crois point faire usurpation de propriété ; j'indique cependant comme inspiratrice du *Papillon et l'Enfant,* la sentence latine : *labor improbus omnia vincit.*

---

### LIVRE VI. — NOTE PREMIÈRE.

### *Le Diamant.*

Même observation que pour les précédentes.

NOTE DEUXIÈME. — *L'Ours et le Ventriloque.*

C'est une anecdote ou plutôt un conte inséré

dans un magazine anglais : il m'est revenu en
mémoire et je l'ai pris pour canevas d'une fable.

### NOTE TROISIÈME.

#### L'OEil du maître.

« L'œil du maître engraisse le cheval » dit un
proverbe arabe recueilli et cité par M. le général Daumas. J'ai cherché à mettre en relief ce
proverbe au moyen d'une affabulation dont le
défaut le plus saillant est d'être un calque déco-
loré de la fable qui porte le même nom dans La
Fontaine.

### NOTE QUATRIÈME.

*Les Fleurs jumelles, les deux Sœurs, le Singe et
le Chat* me sont exclusives.

### NOTE CINQUIÈME.

#### La Course aux Ânes.

J'ai lu jadis dans un recueil littéraire le récit
assez plaisant d'une course aux ânes dont une
fugitive réminiscence a donné naissance à cette
fable.

### NOTE SIXIÈME.

#### La Noix merveilleuse ; le Cerf-volant.

La *Noix merveilleuse* est un conte oriental ; le
*Cerf-volant* est mon œuvre quant au drame ; la
moralité est puisée je ne sais où.

### NOTE SEPTIÈME.

#### Le Dogue et le Lord.

Tel homme, a dit La Bruyère, met sa vie entière à faire consoler de sa mort ; c'est cette
maxime que je me suis essayé de dramatiser par
cet apologue.

## LIVRE VI. — <small>NOTE PREMIÈRE.</small>

*Black et Raton ; le Bouc et le Renard ; Médor ;
l'Enfant et les vitraux ; le Rosier ; l'Epagneul et le
King's Charle ; le Renard et le Songe* sont autant
de fables qui m'appartiennent, sauf les moralités
du *Bouc et le Renard* ; du *Bouc et le Courtisan ; de
Médor ; du Singe et le Renard* que je dois à La
Bruyère ; quant à *Médor*, j'aurais une plaisante
anecdote à raconter ; mais conter l'anecdote, ce
serait mettre l'adresse sur la lettre... je me tais.

### NOTE DEUXIÈME.

#### Les deux Statues.

Cette fable est bien à moi, toute à moi, du
premier au dernier mot et cependant j'ai su, depuis qu'elle est faite, que Lamotte a traité le
même sujet ; à coup sûr cette fable n'est point
une de ces réminiscences dont la conscience
nous échappe. En fait, je n'avais jamais lu les
fables de M. de Lamotte.

### NOTE TROISIÈME.

#### Le Concert.

L'anecdote, qui fait le fond de cette fable,
m'est personnelle, et m'a semblé offrir le drame
assez plaisant d'une affabulation.

---

## LIVRE VII. — <small>NOTE PREMIÈRE.</small>

*Le Bucheron et l'Oubliette ; les deux Nageurs ;
les deux Dagues ; le Lierre et le Sycomore ; le
Sourd ; la Pudeur et l'Innocence ; l'Eclipse ; le
Chien et le Chevreuil,* ne doivent rien qu'à moi-
même.

### NOTE DEUXIÈME.

*Le Pêcheur et la Syrène ; le jeune Oison et l'Oie.*

Iriarte m'a fourni le sujet de cette dernière
fable. — Quant à la première, tout le monde

connaît la ballade de Goëthe ; elle en est une imitation faite de mémoire. Je regrette de n'avoir
point eu Goëthe sous les yeux ; mon œuvre au-
rait gagné à une imitation plus exacte d'un des
chefs-d'œuvre du poëte d'outre-Rhin.

---

## LIVRE VIII.— NOTE PREMIÈRE.

### Les deux Tourterelles.

»En s'éloignant des yeux on s'éloigne du cœur »
Ce vers si mélancolique et qui renferme une
moralité malheureusement trop vraie ne m'ap-
partient pas ; je le rends à son auteur, mon ho-
norable ami, l'abbé S***.

Quant à l'apologue qui met en lumière cette
vérité que l'absence est trop souvent le tombeau
de l'amitié, circonscrit par la nature même du
sujet dans un même cercle d'idées, je ne pouvais
mieux faire que de m'inspirer de mon maître.
La fable des *Deux Pigeons* est le chef d'œuvre de
La Fontaine ; puissé-je n'avoir pas donné une
copie trop indigne de l'original !

#### NOTE DEUXIÈME.

### L'Envie et la Flatterie.

Pour occuper les quelques moments d'attente
solitaire que font assez souvent subir les jolies
femmes à ceux qui vont leur rendre hommage,
j'ai souvenance d'avoir ouvert un charmant volume déposé sur le guéridon de Madame P***.
C'étaient les pensées d'un chasseur ; je dois à
cette lecture fugitive l'idée première de cet apologue ; je donne ici la pensée du chasseur telle
qu'elle s'est formulée dans mon souvenir : —
La flatterie nous promène au soleil couchant et
nous mesure à notre ombre.

---

NOTE TROISIÈME.

*L'Hirondelle.*

*Hirundines œstivo tempore presto sunt, frigore pulsæ recedunt; ità falsi amici.*

Auctor ad heren.... IV, 62.

NOTE QUATRIÈME. — *Les Médailles.*

Cet apologue est une imitation bien lointaine de Gellert, si toutefois on peut appeler imitation quelques traits pris en courant.

NOTE CINQUIÈME. — *La Source et le Caïman.*

M. de Chateaubriand dans le *Génie du christianisme* a quelque part une comparaison qui n'est pas étrangère à cette affabulation.

NOTE SIXIÈME.

*Les deux Levriers, l'Avalange, le Jardinier et la Fleur, le Miroir, le Dogue,* sont autant d'apologues que je revendique sans partage.

Aux critiques qui me reprocheraient d'écrire avalange et non pas avalanche, je répondrai que l'on trouve dans de vieux auteurs ce mot écrit tel que je l'emploie et que plus d'un lexicographe, La Châtre entr'autres, indiquent les deux modes d'orthographe. J'ajoute qu'*avalange*, si l'on consulte l'étymologie, devrait prévaloir : *ad vallem angere*; se précipiter au vallon pour l'étreindre, l'étouffer.

NOTE DERNIÈRE.

*Le Lion, le Renard et le Louveteau.*

« C'est le rôle d'un sot d'être importun; un
» homme habile sent s'il convient ou s'il ennuie ;
» il sait disparaître le moment qui précède ce-
» lui où il serait de trop quelque part. »

La Bruyère, chap. ...

Suis-je le Louveteau ou le Renard de la fable? le lecteur me l'apprendra.

# FABLES.

IMPRIMERIE RIFA ET PÉZÉ, RUE BAB-AZOUN.

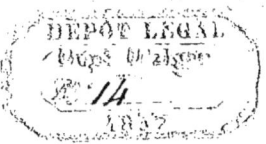
# FABLES

PAR

## LE Mⁱˢ. DE SAINT-PAULET,

CONSEILLER DE COUR IMPÉRIALE.

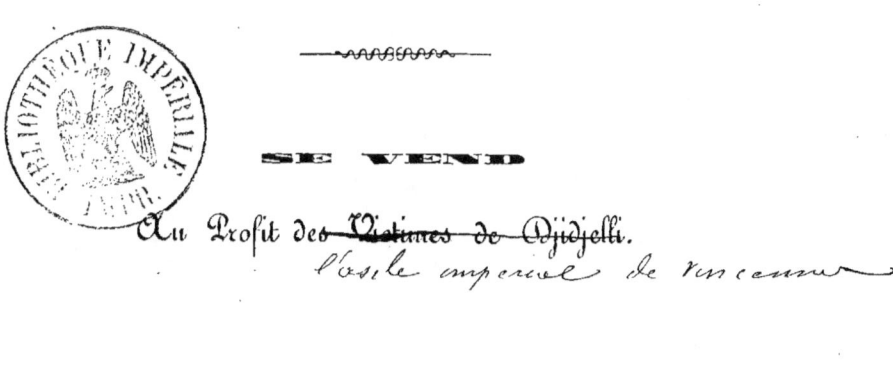

SE VEND

*Au Profit des Victimes de Djidjelli.*
*l'asile impérial de Vincennes*

ALGER,
CHEZ LES PRINCIPAUX LIBRAIRES.
PARIS,
CHEZ MARTINON, LIBRAIRE, RUE DE GRENELLE ST-HONORÉ.

1857.

# TABLE DES MATIÈRES.

ALGER. — DE L'IMPRIMERIE RIPA ET PÉZÉ,

# ERRATA.

Page 31, vers 7, lisez : gaze ;
Page 71, vers 2, lisez : tout pleine ;
      vers 6, lisez : sait trouver thème ;
Page 92, vers 10, lisez : au courant de l'eau :
Page 96. vers dernier, lisez : Enfants. :
Page 100, après le vers dix-huitième, ajoutez :
      Mieux que tout autre enseignement ;
Page 104, vers 6 et 7, lisez :
      Un Coq d'Inde se crut follement assuré
      De pareille victoire ;
Page 110, après le vers cinquième, ajoutez :
      Il voudrait à l'instant le voir s'épanouir ;
Page 165, vers 7, lisez : tout miroités ;
Page 169, vers 6, lisez : d'épanouir ;
Page 170, vers 5, lisez : d'aucun coloris animé ;
Page 174, vers 5, lisez : lieux ;
Page 175, vers 10 et 11, mettez un point après
      religion et une virgule après union ;
Page 182, vers 10, lisez : selles ;
Page 188, vers 21 lisez avec vous j'en conviens ;
Page 191, vers 2, lisez : il donnait chasse ;
      vers 12, il ne faut qu'une virgule ;
Page 196, vers 2, lisez : je dirai ;
Page 197, vers 5, lisez : leur cœur ;
Page 201, après le vers dix-septième, intercallez
      Propos en l'air et pure fable.
Page 222, vers 6, retranchez : fut.
Page 232, vers 9, lisez : parfait ;
      vers 10, lisez : bosquillon ;
Page 263. vers 8, lisez : ou bien ;
Page 270, vers 4, lisez : la nature se mire ;
Page 277, après le vers cinquième, intercallez
      Pâle et se mourant de langueur.